मास्टर शॉट

मास्टर शॉट

(माया-नगरी मुम्बई की कहानियाँ)

फ़रीद ख़ाँ

लोकभारती प्रकाशन

लोकभारती प्रकाशन

पहली मंजिल, दरबारी बिल्डिंग, महात्मा गांध मार्ग
प्रयागराज-211 001

वेबसाइट : www.lokbhartiprakashan.com
ईमेल : info@lokbhartiprakashan.com

शाखाएँ : 1-बी, नेताजी सुभाष मार्ग, दरियागंज
नई दिल्ली-110 002

अशोक राज़पथ, साइंस कॉलेज के सामने
पटना-800 006

1, अनमोल सोराबजी संतुक लेन, धोबी तलाव,
मरीन लाइंस, मुम्बई-400 002

पहला संस्करण : 2023

मूल्य : ₹ 395

विकास कंप्यूटर एंड प्रिंटर्स
ट्रॉनिका सिटी-201 102
द्वारा मुद्रित

MASTER SHOT
Stories by Farid Khan

ISBN : 978-81-962184-6-1

महान अभिनेत्री मीना कुमारी को समर्पित

क्रम

आलता

टीवी कार्यक्रम 'अबला नहीं सबला' की टीआरपी गिरती जा रही थी। अगर इस बार की रेटिंग में सुधार नहीं हुआ तो कार्यक्रम बन्द होने की धमकी चैनल से मिल चुकी थी। पूरी टीम पर दबाव था। सबसे ज़्यादा दबाव था प्रोडक्शन वाले समीर काले पर। रेटिंग के गिरते ही प्रोड्यूसर अपनी टीम में छँटाई करने लगता है ताकि कार्यक्रम बन्द होने पर ज़्यादा नुकसान न उठाना पड़े। तो समीर काले को प्रोडक्शन के काम के साथ-साथ क्रिएटिव हेड और एग्ज़क्यूटिव प्रोड्यूसर का भी काम देखना पड़ता था। वैसे वह भी इसीलिए ढेर सारे काम अपने सिर पर ले लेता था ताकि उसे नौकरी से निकाला न जाए और हर बात पर लोग उसे ही पुकारें—"समीर यह काम हुआ कि नहीं, समीर वह काम हुआ कि नहीं।" बिना समीर के कुछ नहीं हो सकता। वह एक आदमी की तनख़्वाह पर दो आदमी का काम कर रहा था। इसी में उसका आनन्द था और प्रोड्यूसर का भी। कभी-कभी अपने दोस्तों के सामने शराब के नशे में समीर के उद्गार निकल ही आते थे कि, "प्रोड्यूसर को हिन्दी में निर्माता बिलकुल ग़लत कहते हैं। वह किसी चीज़ का निर्माण नहीं करता। कुछ हद तक प्रोड्यूसर शब्द फिर भी ठीक है लेकिन वह भी सही नहीं है। प्रोड्यूसर को असल में मुनाफ़ेबाज़ कहना चाहिए।"

तो 'अबला नहीं सबला' की सीमा यह थी कि वह कार्यक्रम वास्तविक जुझारू महिलाओं की उपलब्धियों पर आधारित था, दूसरे, उन कामयाब महिलाओं का साक्षात्कार मुम्बई के स्टूडियो में बुलाकर लेना होता था। अगर

मामला डॉक्यूमेंट्री का होता तो फिर भी आसान होता और सबसे अच्छा होता कि सब कुछ काल्पनिक होता, डेली सोप की तरह।

"औरतों की कहानी बनाना कौन सा रॉकेट साइंस है। चुटकियों में बना देते, एक सिगरेट पर एक कहानी, यूँ राख झाड़ते हुए।" सिगरेट को चाय में बुझाते हुए झुँझलाहट में समीर के मन में ये सारी बातें उभरती रहती थीं।

समीर काले पर इस बात का दबाव था कि रिसर्च करके ऐसी महिलाओं को लेकर आओ जिन्होंने कुछ उपलब्धि हासिल की है। लेकिन सौ एपिसोड के बाद ऐसी अन्य महिलाएँ अब मिल ही नहीं रही थीं। वह इस बात पर ज़्यादा झुंझला रहा था कि, "एक सौ तीस करोड़ के मुल्क में सौ महिलाएँ भी ऐसी मिल गईं जिन्होंने जीवन में कुछ किया है, यही बहुत है। अब बन्द कर देना चाहिए यह कार्यक्रम।" दूसरे ही पल उसने ख़ुद को जवाब दिया, "लेकिन कार्यक्रम कैसे बन्द कर दें? सत्तर लोगों की यूनिट की रोज़ी-रोटी का सवाल है।" ख़ुद उसकी भी रोज़ी-रोटी का सवाल हमेशा खड़ा रहता है। "तो कार्यक्रम को बन्द तो नहीं कर सकते बल्कि किसी भी तरह बन्द होने से बचाना ही है," ऐसा उसने सोचा।

बहुत रिसर्च करने के बाद समीर को एक ऐसी लड़की के बारे में पता चला जो अपने बलात्कार का केस लड़ रही थी। तो समीर ने प्रोड्यूसर को समझाया,"यह भी तो एक तरह का जुझारूपन है?" प्रोड्यूसर ने गुटखा खाते हुए सवाल किया,"लेकिन इसमें उपलब्धि क्या है? बलात्कार ही तो हुआ है न?" तो समीर ने फिर समझाया,"उसकी कहानी भावनात्मक तो है ही, डेली-सोप से ज़्यादा रोने धोने को मिलेगा, लेकिन सबसे बड़ी उपलब्धि है कि लोग उसकी कहानी से प्रेरित भी होंगे। सैंकड़ों महिलाओं को आवाज़ उठाने की प्रेरणा मिलेगी।" उसने उपलब्धि पर ज़ोर देते हुए कहा," यह बहुत बड़ी और नई तरह की उपलब्धि है।" उसने टैग-लाइन की तरह कहा,"एक प्रेरणादायी महिला।"

प्रोड्यूसर को बलात्कार में उपलब्धि का एक नया 'एंगल' समझ में आ गया। वह चैनल की मीटिंग में अधिकारियों को समझाने के लिए फफक कर रो पड़ा और अन्त में उसने यह भी जोड़ दिया कि "कोई भी इनसान जिसके सीने में दिल है वह इस कहानी को ख़ारिज नहीं कर सकता।" अब यह सुनकर चैनल का कौन सा अधिकारी इस कहानी को ख़ारिज करता।

इस तरह बलात्कार पीड़िता के साक्षात्कार वाला एपिसोड 'अप्रूव' हो गया।

प्रोड्यूसर सीना चौड़ा करके मीटिंग से बाहर निकला। चैनल से वापस लौटते हुए रास्ते में उसने समीर को उपदेश देने के लहजे में कहा,"कहानी सोचना एक बात है लेकिन कहानी बेचना बिलकुल अलग बात है। एकदम अलग ही टैलेंट है। इसका कहानी सोचने और कहानी लिखने से कोई मतलब नहीं है।" समीर ने हाँ जी सर, हाँ जी सर कहकर उसकी बातों की पुष्टि की। प्रोड्यूसर ने एक जगह गाड़ी रोककर उसको जम्बो-वड़ा-पाव भी खिलाया। प्रोड्यूसर का मिज़ाज अच्छा देखकर समीर ने इशारों-इशारों में अपनी तनख़्वाह बढ़ाने की बात की, एकदम हँसी में लपेटकर,"सर कहानी तो तब बेची जाएगी न जब सोची जाएगी। वैसे तो मैं बेच भी लूँ लेकिन एक साथ दो-दो काम सँभालना इतना आसान भी नहीं होता। बिलकुल अलग ही टैलेंट है यह।"

'अबला नहीं सबला' ऑफ़-एयर होने से बच गया, इस बात से प्रोड्यूसर ख़ुश तो था लेकिन अब ज़्यादा ख़ुशी ज़ाहिर नहीं करना चाहता था। फ़ौरन लोग तनख़्वाह बढ़ाने की बात करने लगते हैं। उसको गुलाब जामुन खाने का मन था लेकिन समीर के सामने ग़म खा गया। मुँह लटकाकर कुछ पल सोचने का नाटक करके उसने कहा,"ठीक है अगर इस बार रेटिंग अच्छी आई तो टेन परसेंट एक्स्ट्रा।"

प्रोड्यूसर अब सतर्क हो चुका था। यूनिट का कोई भी आदमी उसके सामने आता तो कम बजट और घाटे का रोना लेकर बैठ जाता। अब लटके हुए मुँह पर कोई कैसे अपनी पेमेंट बढ़ाने की बात करे। प्रोड्यूसर ने अपनी तरफ़ से ही बात खोलकर रख दी,"मैं जानता हूँ, तुम लोगों की पेमेंट कम है। लेकिन मुझे चैनल से ही कम मिलता है। बोलने की ज़रूरत नहीं पड़ेगी तुम लोगों को। जैसे ही बजट बढ़ेगा सबसे पहले तुम लोगों का ही पेमेंट बढ़ेगा।" मज़दूरों के लिए इतना ही काफ़ी था कि उनके प्रोड्यूसर ने ये सब कहा वरना ज़्यादातर तो हालचाल भी नहीं पूछते। इसी बात पर नई ऊर्जा के साथ ज़ोर-शोर से काम शुरू हो गया।

छत्तीसगढ़ से बुलाया गया बलात्कार पीड़िता को। इरावती नाम था उसका। लेकिन बिना किसी तनाव और दबाव के टीवी का काम हो जाए ऐसा सम्भव नहीं है और ऐन शूटिंग के एक दिन पहले लेखक की बहस प्रोड्यूसर से हो गई। ज़ाहिर सी बात पेमेंट को लेकर। तो लेखक ने छोड़

दिया। लेखक ने छोड़ा प्रोड्यूसर की वजह से लेकिन इसका दबाव लेना पड़ा बेचारे समीर को। आनन-फ़ानन में उसने अपने एक अन्य लेखक मित्र शिवेन्द्र को बुला लिया। साहित्य में उसकी पकड़ अच्छी थी। लेखक ही बनने आया था मुम्बई और आते ही यह काम मिल गया। लेकिन उसे यह समझ में नहीं आ रहा था कि किसी के इंटरव्यू में स्क्रिप्ट की क्या ज़रूरत है। तो शूटिंग के एक रात पहले समीर ने शिवेन्द्र को समझाया कि इरावती के बारे में जो भी रिसर्च है वो सब पढ़ ले। उसके आधार पर क्या-क्या सवाल पूछे जा सकते हैं वो सब लिख ले और 'एंकर' के लिए भावनात्मक सा कुछ लिखकर रख ले, बस। शिवेन्द्र के लिए यह जानना भी दिलचस्प था कि टीवी में एंकर अपने से कुछ नहीं बोलते। उसे सब लिखकर देना पड़ता है, सिनेमा के एक्टर की तरह।

दूसरे दिन शिवेन्द्र सही समय पर शूटिंग पर पहुँच गया। समीर ने उसे प्रोड्यूसर से मिलवाया। प्रोड्यूसर ने पूछा कि 'कहाँ से हो' तो उसने बताया," बलिया, यूपी।" प्रोड्यूसर ने उसे सन्देह से देखकर पूछा," लिख तो लेते हो न?" सकपकाया-सा शिवेन्द्र कुछ बोलना चाहता था लेकिन उसकी ज़बान अन्दर ही फँसकर रह गई।

समीर ने शिवेन्द्र को कंट्रोल-रूम दिखाया जहाँ उसे बैठना था। उसे छोटा सा कॉलर माइक दिया गया जिसके ज़रिये उसे स्टूडियो में बैठी महिला एंकर को बताना था कि कब क्या बोलना है। फिर उसे टेली-प्रौम्प्टर भी दिखाया गया जो स्टूडियो में एंकर के सामने लगा था और जिस पर उसके लिखे हुए एंकर-लिंक बड़े-बड़े अक्षरों में दिखाई देने वाले थे। एंकर उसे ही देखकर पढ़ेगी। "मतलब वह एक्टर की तरह कुछ याद नहीं करेगी?" ऐसा उसने सोचा। उस कंट्रोल-रूम या मॉनिटर-रूम में ही डायरेक्टर, मेन-कैमरामैन, साउंड रिकार्डिस्ट, ऑनलाइन एडिटर आदि-आदि को भी बैठना था। सबके सामने अपना-अपना मॉनिटर था।

दर्शक दीर्घा में बैठने के लिए स्टूडियो में जूनियर आर्टिस्ट पहुँच चुके थे। जब स्टूडियो का सारा सेटअप लग गया तो डायरेक्टर और कैमरामैन ने तमाम तकनीकी यंत्रों को एक बार ठीक से चलते हुए देखने के लिए सभी जूनियर आर्टिस्ट को अपनी-अपनी जगह पर बैठने को कहा और उस कुर्सी की तरफ़ देखने को कहा जहाँ बलात्कार पीड़िता को और महिला एंकर को

बैठना था। उन्होंने वहाँ देखा। फिर उन्हें कुतूहल से देखने को कहा गया, उन्होंने कुतूहल से देखा। फिर उन्हें उदास नज़रों से देखने को कहा गया, सब के सब उदास हो गए। फिर सबको ज़ोर-ज़ोर से हँसने के लिए कहा गया। सब ज़ोर-ज़ोर से हँसने लगे। फिर कुछ महिला जूनियर आर्टिस्ट से पूछा गया कि उनमें से कौन-कौन रो सकती हैं। दो लड़कियों ने फ़ौरन हाथ खड़े किए। बाकियों ने कहा कि अगर ग्लिसिरीन मिल जाए तो वो भी रो सकती हैं। उन सबके रोते हुए चेहरे का क्लोज़-अप रिकॉर्ड किया गया ताकि बाद में एडिटर ज़रूरत के मुताबिक दर्शकों की प्रतिक्रियाएँ जगह-जगह जोड़ सके। सभी पुरुष जूनियर आर्टिस्ट रोने वाली महिला जूनियर आर्टिस्ट को देख-देखकर हँस रहे थे।

तभी व्हील चेयर पर सोलह साल की इरावती स्टूडियो में आई। उसे देखकर सबकी हँसी रुक गई। एक सकता-सा छा गया। सबने देखा कि इरावती के दोनों पैर कटे हुए थे। उसके साथ-साथ चलने वाली एनजीओ की दीदी ने उसे उठा कर कुर्सी पर बैठाया। समीर ने उनकी मदद की। नए लेखक शिवेन्द्र को तो सब पता था लेकिन डायरेक्टर और कैमरामैन को यह नहीं मालूम था कि लड़की बिना पैरों की है। उन्होंने समीर को बुलाकर ज़ोर से हड़काया कि पहले बताना चाहिए था। उन्होंने सोचा था,"बलात्कार पीड़िता की कहानी में बहुत से बहुत क्या होगा, न्याय नहीं मिला, बस।"

समीर ने दोनों को पूरी कहानी बताई तो दोनों ने कहा अब लाइटिंग और कैमरा पोज़ीशन बदलना होगा। उन्होंने अपने सहायकों को निर्देश देकर इरावती से सहानुभूति प्रकट करने चले गए। बड़े गम्भीर होकर दोनों ने बात शुरू की,"क्या हुआ था?" "कैसे हुआ था?" "उफ़!" "उफ़!" "ओहो हो"। दूर खड़ा शिवेन्द्र उनकी संवेदनशीलता को सम्मान की नज़र से देख रहा था।

समीर को स्पॉट बॉय ने सूचित किया कि मैडम आ गईं हैं। मैडम मतलब अस्सी के दशक की हीरोइन पद्मजा, जो इस शो की एंकर थी। तो शिवेन्द्र को लेकर समीर ग्रीन रूम में पहुँचा। वहाँ पद्मजा अपनी सहायिका से अपने पैरों में आलता लगवा रही थी। शिवेन्द्र उसकी सुन्दरता देखकर विस्मित-सा हो गया। उसके पैर एक बक्से से टकराए और वह लड़खड़ाया। "बहुत ख़ूबसूरत है इनके पाँव," उसने सोचा। बहुत पहले बलिया में उसकी फ़िल्म देखी थी। समीर ने उसको मिलवाते हुए कहा,"बहुत अच्छा राइटर

है मैम।" पद्मजा ने अपना दूसरा पैर उठाकर सहायिका को देते हुए उससे पूछा,"लिख लेते हो न!" शिवेन्द्र फिर से सकपकाया। इस बार उसने पक्का जवाब देना चाहा था फिर भी बोलते-बोलते रह गया कि उसने हिन्दी साहित्य में एम.ए. किया है।

कुछ देर बाद शूटिंग शुरू हुई। समीर ने शिवेन्द्र का लिखा पहला एंकर लिंक टेली-प्रौम्प्टर पर दिखाया। एंकर पद्मजा ने टेली-प्रौम्प्टर पढ़ते हुए प्रवेश किया। ज़बरदस्त भावनात्मक शुरुआत के लिए कंट्रोल रूम में बैठे सभी ने समीर को थम्स-अप किया। समीर ने शिवेन्द्र को।

उधर स्टूडियो में इरावती ने बताना शुरू किया,"मैं एक कंस्ट्रक्शन साइट पर काम करती थी। वहाँ का ठेकेदार हमेशा मेरे पीछे-पीछे चलता रहता था। ईंट उठाऊँ तो पास में खड़ा रहता था। ईंट ऊपर सीढ़ी से चढ़कर पहुँचाने जाऊँ तो साथ-साथ वह भी ऊपर तक जाता था। दूसरे मज़दूर मुझ पे हँसते थे। सबको लगता था कि मैं उसके साथ सोती हूँ।"

तभी डायरेक्टर ने कट-कट-कट की आवाज़ लगाई। डायरेक्टर ने शिवेन्द्र से कहा कि यह—'सोती हूँ'—की जगह पर कोई दूसरा शब्द दे इसको। शिवेन्द्र ने इरावती को जाकर बोलने को कहा,"सबको लगता था कि उसका मेरे साथ कोई चक्कर है।"

शूटिंग फिर से शुरू हुई। इरावती ने फिर से कहना शुरू किया,"सबको लगता था कि उसका मेरे साथ कोई चक्कर है। एक दिन उसने मेरा हाथ पकड़ लिया। मैंने छोड़ने को कहा तो उसने कहा एक बार दे दे तो छोड़ दूँगा।"

डायरेक्टर ने इस पर भी कट-कट-कट की गुहार लगाई। डायरेक्टर, प्रोड्यूसर, कैमरामैन, समीर, महिला एंकर पद्मजा सब इरावती को घेरकर समझाने लगे कि "यह फ़ैमिली शो है, लोग परिवार के साथ बैठकर देखते हैं। इसलिए ऐसे शब्द नहीं बोलना है।" लेकिन इरावती कह रही थी कि "ठेकेदार ने मुझसे यही कहा है तो मैं क्या करूँ?" प्रोड्यूसर ने शिवेन्द्र को हड़काकर बुलाया,"वहाँ क्या बैठा है बहन के टके? इधर आके कुछ लिखकर दे इसको।" अब "एक बार दे दे" को तरह-तरह से उसने लिखकर दिया। एक बार लिखा,"एक बार मुझे प्यार करो।" इस पर सबसे पहले तो इरावती ही भड़क गई। उसने इनकार कर दिया बोलने से और शिवेन्द्र को ग़ुस्से में कहा,"बलात्कारी है वह।" तो शिवेन्द्र ने दूसरा लिखकर दिया,"एक बार

हमबिस्तर हो जा।" इस पर सब हँस पड़े। कहने लगे,"भाई, तेरा ठेकेदार कोई उर्दू का शायर है क्या?" दूसरी बार उसने थोड़ी ओछी भाषा में लिखा—"एक बार सो जाओ मेरे साथ।" सब उसे घूरकर ऐसे देखने लगे मानो 'जाहिल है एकदम'। प्रोड्यूसर ने समीर से कहा,"इसको समझा न कि यह पारिवारिक कार्यक्रम है।" तो उसने इस बार पारिवारिक शब्दों में लिखा,"एक बार आनन्द दे दो।" प्रोड्यूसर भड़क गया,"अरे यार, यह प्रसंग बोलना ज़रूरी है क्या? आगे तो अभी बहुत कुछ है बोलने को। छोड़ो इसको।" यह बात सबको ठीक लगी कि इस प्रसंग को छोड़कर आगे की घटनाओं पर चलो। प्रोड्यूसर भुनभुनाया,"वैसे भी शूटिंग इतनी देर नहीं रोक सकते वरना बजट बहुत भाग जाएगा।"

शूटिंग फिर से शुरू हुई। इरावती ने बात आगे बढ़ाई,"ठेकेदार ने सबके सामने मेरा हाथ पकड़ लिया। छोड़ ही नहीं रहा था। आसपास दूसरे काम करने वाले मज़दूर हँस रहे थे। कइयों ने तो कहा कि मुझे इतना नखरा नहीं करना चाहिए। लेकिन मैं किसी तरह हाथ छुड़ाकर भाग आई। अब एक बार भाग आई तो दुबारा लौटकर गई नहीं। माई और बाबू ने समझाया कि वह मज़ाक कर रहा होगा। ऐसे भड़कने का कोई मतलब नहीं है। पास-पड़ोस के लोगों ने भी समझाया और कहा कि वह मुझे पसन्द करता है। मैंने साफ़-साफ़ कह दिया,"ऐसे कोई पसन्द करता है क्या? कुत्ता है वह।"

शूटिंग फिर से रुक गई। इस बार कुत्ता शब्द पर बहस होने लगी कि नेशनल चैनल पर गाली नहीं चलेगी। इस पर इरावती एकदम भड़क गई,"उसको कुत्ता नहीं बोलूँ तो क्या शेर बोलूँ?" एडिटर ने धीरे से डायरेक्टर के कान में कहा,"बोलने दो न एडिटिंग में निकाल देंगे।"

शिवेन्द्र ने एंकर पद्मजा को सवाल लिखकर दिया,"आपने पुलिस में रिपोर्ट नहीं की?"

इरावती ने हैरत में कहा,"ख़ाली हाथ पकड़ने पर पुलिस कहाँ रिपोर्ट लिखती है। मेरे बाबू को जब एक आदमी ने पीटा था तब तो पुलिस ने कुछ नहीं किया।"

पद्मजा ने पूछा—"क्या करते हैं आपके बाबू?"

इरावती—"रिक्शा चलाते थे।"

पद्मजा—"तो उनके साथ किसने मारपीट की थी?"

इरावती—"पता नहीं। उसने रिक्शा भी तोड़ दिया। हम लोग तो रिक्शा की शिकायत भी लिखवाना चाहते थे लेकिन पुलिस ने कहा कि तुम लोगों की आपस की लड़ाई में पुलिस नहीं पड़ेगी।"

पद्मजा ने एक कानूनी सलाहकार को स्टूडियो में बुलाया और पूछा, "पुलिस क्या शिकायत दर्ज करने से इनकार कर सकती है?" तो कानूनी सलाहकार ने कहा, "नहीं। पुलिस के जिस अधिकारी ने इनकार किया है उसके ख़िलाफ़ भी शिकायत हो सकती है और इरावती की छेड़छाड़ की शिकायत भी हो सकती है।" कानूनी सलाहकार ने आगे बताया, "काम करने की जगह पर कोई भी किसी महिला की मर्ज़ी के ख़िलाफ़ उसको छू भी नहीं सकता। अगर ऐसा होता है तो इसकी शिकायत पुलिस में हो सकती है।"

कंट्रोल रूम से समीर ने पद्मजा को धीरे से कहा, "मैडम, भटकिए नहीं, बलात्कार पर रहिए।"

पद्मजा ने स्टूडियो में पूछा, "तो इरावती जी आपने काम छोड़ दिया उसके बाद क्या हुआ?"

इरावती ने ग़ुस्से में कहा "होना क्या था, वह ह...।"

इरावती ठेकेदार को 'हरामी' बोलना चाहती थी। लेकिन उसने ख़ुद को रोक लिया। फ़ैमिली शो है। तो उसने हरामी की जगह पर 'ठेकेदार' शब्द का इस्तेमाल किया और कहा, "ठेकेदार घर आने लगा।"

लेकिन उधर से डायरेक्टर ने कहा, "फ़म्बल हो गया है। इस सवाल को फिर से ले लो।"

इरावती ने बताया, "ठेकेदार घर आने लगा। मैं इधर-उधर छोटे-मोटे काम करने लगी थी। जब लौटकर आती तो देखती वह खटिया पर बैठा है और मेरी माई उसको पानी पिला रही है। एक दिन मैंने ग़ुस्से में आकर उसकी खटिया ही पलट दी। वह धड़ाम से नीचे गिर पड़ा। उस दिन उसने धमकी दी कि अब मुझे कोई नहीं बचा सकता। बस, एक दिन मैं एक शादी में बर्तन धोने के काम पर गई थी। रात को लौटते वक़्त उसने मेरा रास्ता रोक लिया। वह गाड़ी में था। उसकी लाइट मेरी आँख पर पड़ रही थी तो पहले मैं उसे पहचान नहीं पाई। जब वह निकल कर आगे आया तो मुझे समझ में आया। मैं भागने लगी तो उसने और उसके एक और साथी ने मेरा पीछा किया। एक जगह दोनों ने मुझे घेर लिया। मुझे पकड़ कर खींचते हुए झाड़ी

में ले गए। मैंने भागने की कोशिश की तो अपनी बन्दूक के कुन्दे से मुझे मारा। झाड़ी में उन्होंने मेरा हाथ पैर बाँध दिया। फिर बारी-बारी से दोनों ने मेरे साथ गन्दा काम किया।"

समीर ने पद्मजा को पूछने को कहा, "क्या किया?"

पद्मजा ने पूछा, "क्या किया?"

इरावती ने भड़क कर कहा, "इज़्ज़त लूटी मेरी।"

पद्मजा, "मतलब, खुलकर बताइए।"

इरावती ग़ुस्से में बौखला रही थी, "अरे बलात्कार किया मेरा। बलात्कार। इतना भी नहीं समझते आप लोग?"

समीर ने पद्मजा से कहा, "उसको पानी का गिलास दीजिए मैम।"

कैमरामैन ने स्टूडियो में मल्टी-कैमरा-सेटअप के ऑपरेटरों को निर्देश दिया, "एक नम्बर, उसका क्लोज़ ले। दो नम्बर, ऑडियंस का रिएक्शन ले। तीन नम्बर, कानूनी सलाहकार का क्लोज़ फिर पद्मजा पर पैन।"

पद्मजा—"आपका दु:ख जायज़ है।"

इरावती फिर से भड़क गई, "दुखी नहीं हूँ मैं। ग़ुस्सा हूँ।"

पद्मजा—"हम समझ सकते हैं। आप रोई होंगी। कलपी होंगी। अपनी किस्मत को कोसा होगा।"

इरावती ने ज़ोर देकर कहा, "नहीं! मैं रो-वो नहीं रही थी। मैं चिल्ला रही थी। मदद माँग रही थी। मैं झाड़ी में पड़ी-पड़ी देख रही थी कि सड़क पर गाड़ियाँ आ-जा रही हैं लेकिन किसी ने मेरी आवाज़ सुनने की कोशिश नहीं की। तब तक उन दोनों ने सरपंच को भी बुला लिया। सरपंच ने भी मेरा बलात्कार किया। फिर ठेकेदार ने मुझे गोली मारनी चाही तो सरपंच ने ही रोक दिया?"

डायरेक्टर ने कट-कट-कट की आवाज़ लगाई। डायरेक्टर ने समीर को, शिवेन्द्र को और साथ ही साथ इरावती और पद्मजा को भी बताया, "ठेकेदार के बन्दूक तानने पर फ्रीज़ करेंगे। इसको फिर से लो और सरपंच के रोकने वाली बात बाद में बोलना।" प्रोड्यूसर ने भी अपनी लगन का प्रदर्शन किया, "हाँ, यह कमर्शियल-ब्रेक के लिए अच्छी जगह है।"

शूटिंग फिर से शुरू हुई।

इरावती ने—"ठेकेदार ने बन्दूक तान ली"—कहा और रुक गई। क्रेन

पर लगा कैमरा ऊपर से नीचे आया। दाईं तरफ़ का कैमरा बाईं तरफ़ और बाईं तरफ़ का कैमरा दाईं तरफ़ आया। सामने का कैमरा उसकी आँखों के नज़दीक गया। एक कैमरा दर्शक दीर्घा में बैठे लोगों की चेहरे की हैरत को पकड़ रहा था जिसके बारे में उन्हें पहले ही समझा दिया गया था।

साक्षात्कार आगे बढ़ा।

पद्मजा ने सवाल पूछा, "तो क्या ठेकेदार ने गोली चला दी?"

इरावती—"गोली चलाई होती तो मैं यहाँ बैठी होती?"

अचानक पूरी यूनिट में हँसी का फव्वारा फूट गया। पद्मजा ने इस हँसी को अपना अपमान समझा। उसने तिलमिलाते हुए अपना माइक निकाल कर फेंक दिया और बाहर जाने लगी। समीर, प्रोड्यूसर और डायरेक्टर सब उसकी तरफ़ 'मैडम-मैडम' करते हुए दौड़े। पद्मजा ने सबको हड़काया कि अस्सी के दशक में पूरा देश उसका दीवाना था और यहाँ दो कौड़ी के टुच्चे लोग हँस रहे हैं। उसने माँ-बहन की ऐसी-ऐसी गालियाँ दीं जो शिवेन्द्र ने उस समय भी नहीं सुनी थी जब बलिया में उसके दोस्त गालियों के आविष्कार की प्रतियोगिता में दिया करते थे। बलिया क्या उसने तो मुम्बई में भी, ख़ासकर किसी औरत को गाली देते नहीं सुना था। उधर पद्मजा गरज रही थी, "हमारी कोई इज़्ज़त नहीं है क्या भड़ुओं?" प्रोड्यूसर ने उसका ग़ुस्सा शान्त करने के लिए पास खड़े एक 'स्पॉट बॉय' को पीट दिया। तब जाकर पद्मजा अपनी कुर्सी पर वापस जाकर बैठी। शूटिंग के बाद उस स्पॉट बॉय को थैंक्स कहकर प्रोड्यूसर ने सौ रुपये भी दिए, चुपचाप पिटने के लिए।

साक्षात्कार आगे बढ़ा।

पद्मजा ने चिल्लाकर कंट्रोल रूम वालों को कहा, "कोई मुझे बताएगा कि क्या पूछना है?"

प्रोड्यूसर ने शिवेन्द्र को हड़का कर कहा, "अरे कौन लेकर आया है इसको।" उसने पद्मजा को सुनाकर कहा, "मैडम को सवाल बता न भाई।" शिवेन्द्र ने इस तरह हड़काए जाने से अपमानित महसूस किया लेकिन वह पद्मजा तो था नहीं कि उठकर चल पड़े। उसने सवाल बताया, "उसने आपको जान से मारने के लिए बन्दूक तान ली। उसके बाद?"

पद्मजा—"उसने आपको जान से मारने के लिए बन्दूक तान ली। उसके बाद?"

इरावती—"सरपंच ने उसे रोक दिया, कहा कि तुम क्यों अपराध करते हो? फिर उन दोनों ने कुछ खुसुर-फुसुर किया। मैंने बहुत ताकत लगाकर उठने की कोशिश की तो उसके साथी ने देख लिया। उसने ठेकेदार और सरपंच को आवाज़ लगाई। ठेकेदार मुझे उठता हुआ देखकर ताव में आ गया और उसने बन्दूक के कुन्दे से इतना मारा इतना मारा कि मैं बेहोश हो गई। जब मुझे होश आया तो मैं रेलवे पटरी पर थी। पटरी पर कान होने की वजह से मुझे ट्रेन की धड़-धड़ सुनाई दे रही थी। मैंने बहुत ज़ोर लगाकर अपने दोनों तरफ़ देखा तो एक ट्रेन की लाइट दिख रही थी। मैं घिसटते-घिसटते ट्रेन की पटरी से बाहर निकलने की कोशिश कर रही थी लेकिन जब तक ट्रेन मेरे पैरों के ऊपर से गुज़र गई।

एक पल के लिए सब के सब बर्फ़ की तरह जम गए। किसी को साँस लेना भी याद नहीं रहा। इरावती की आवाज़ से स्तब्धता टूटी, "मैं दर्द बर्दाश्त नहीं कर सकी और फिर से बेहोश हो गई।"

शिवेन्द्र ने गला साफ़ करते हुए सवाल दिया, "आपको जब होश आया तो आप कहाँ थीं?"

पद्मजा ने इसे दुहरा दिया।

इरावती—"जब मेरी आँख खुली तो मैं अस्पताल में थी।"

शिवेन्द्र—"कौन लेकर गया था आपको अस्पताल?"

इरावती—"वो सब रेलवे के लोग थे जो कहीं से आ रहे थे। उन्होंने जब मुझे देखा तो समझा कि लड़की मर गई है। इसलिए उन्होंने पुलिस को फ़ोन किया। पुलिस अस्पताल लेकर गई। फिर दूसरे दिन शीला दीदी आईं मिलने के लिए।"

पद्मजा—"कौन शीला दीदी?"

इरावती—"जो मेरे साथ आईं हैं।"

शिवेन्द्र ने शीला दीदी के लिए एक लम्बा-सा वाक्य लिखकर टेली-प्रौम्प्टर पर दिया और पद्मजा को पढ़ने के लिए कहा। पद्मजा ने पढ़ा, "मानवता अभी भी मरी नहीं है। एक तरफ़ इरावती मौत से लड़ रही थीं तो दूसरी तरफ़ फ़रिश्तों का रूप धर के उनकी मदद को कुछ लोग सामने आए उनमें से ही एक हैं शीला दीदी। बहुत-बहुत स्वागत है आपका शीला दीदी, कृपया हमारे स्टूडियो में तशरीफ़ लाइए।"

क्रेन वाला कैमरा शीला दीदी के आने से लेकर बैठने तक अनुसरण करता है।

शीला दीदी का सबसे पहले परिचय दिया गया कि वह आदिवासी महिलाओं के बीच जागरूकता अभियान चलाती हैं और उन्हें कानूनी मदद देती हैं।

पद्मजा—"शीला दीदी, आपको कैसे पता चला इनके बारे में और आपने उसके बाद क्या किया, थोड़ा विस्तार से बताइए।"

शीला दीदी—"जब इरावती ट्रेन की पटरी पर बेहोश पड़ी थी तो कुछ रेलवे के कर्मचारी पटरी की जाँच आदि कर रहे थे। आप सबको पता ही होगा कि उधर कभी-कभी पटरी उखाड़ने की घटना हो जाती है।"

पद्मजा—"पटरी उखाड़ने की घटना? मैं समझी नहीं।"

कंट्रोल रूम से समीर ने टोका, "पॉलिटिकल मामला है। उधर मत जाइए।"

पद्मजा—"हाँ तो आप बता रही थीं कि रेलवे कर्मचारियों ने देखा।"

लेकिन शिवेन्द्र ने समीर को फुसफुसा कर टोका, "अगर कहानी में राजनैतिक परिदृश्य उभरकर सामने आए तो ग़लत क्या है?" समीर ने दाँत पीसकर उसे समझाने की कोशिश की, "अगर यह दीदी नक्सलाइटों की सपोर्टर हुई, तो? अपनी तो लग जाएगी न? शो बन्द हो जाएगा।"

उधर दीदी बता रही थीं, "तो रेलवे कर्मचारियों को लगा कि यह मर गई है। उन्होंने पुलिस को फ़ोन किया। पुलिस वालों ने आकर देखा कि ज़िन्दा है तो इसको अस्पताल लेकर गए। सुबह एक लेडी कॉन्स्टेबल को इसकी निगरानी में लगा दिया गया कि जब इरावती को होश आएगा तो बयान लिया जाएगा। पहले सब समझ रहे थे कि इसने आत्महत्या करने की कोशिश की होगी। लेकिन जब डॉक्टर ने पुलिस को बताया कि इसका रेप हुआ है तो पुलिस समझ गई कि रेप करने वालों ने मरने के लिए पटरी पर छोड़ दिया होगा। तब उस लेडी कॉन्स्टेबल ने मुझे फ़ोन करके बताया कि शायद इसे लम्बी लड़ाई लड़ने के लिए हमारी सहायता चाहिए होगी।"

पद्मजा—"क्या नाम था उस लेडी कांस्टेबल का?"

शीला दीदी ने हिचकते हुए कहा, "नाम रहने दीजिए। वह तो ऐसे ही मेरे मुँह से निकल गया। असल में उसके बाद उनका ट्रांसफ़र दूसरे शहर में हो गया।"

डायरेक्टर ने एडिटर को फुसफुसाकर कहा, "यह एडिट पर उड़ा देना।"

पद्‌मजा—"तो आप इरावती से मिलीं। उस वक़्त इनकी हालत कैसी थी?"

शीला दीदी—"बहुत कमज़ोर दिख रही थी। इसका बहुत सारा ख़ून बह गया। डॉक्टर को उम्मीद ही नहीं थी कि बचेगी लेकिन इसको तो उलटे होश आ गया। इसका विल पॉवर बहुत स्ट्रौंग है।"

शिवेन्द्र ने इरावती के लिए सवाल लिखकर टेली-प्रौम्प्टर पर भेजा, "आपको कब अहसास हुआ कि आपके पैर नहीं हैं?" पद्‌मजा ने सवाल ठीक वैसे ही दुहरा दिया। पहली बार प्रोड्यूसर ने शिवेन्द्र को थम्स-अप दिखाया।

इरावती—"जब मुझे होश आया तो मैंने देखा कि मैं अस्पताल में हूँ। मुझे पिछली रात की सारी घटना याद आ गई। मैं ग़ुस्से में उठने ही वाली थी कि सबने मुझे रोका। लेटे रहने के लिए कहा लेकिन मैंने उतरने के लिए अपना पैर बेड से नीचे करना चाहा पर ऐसा कुछ हुआ ही नहीं। तब मेरा ध्यान अपनी चादर की तरफ़ गया जो मुझे ओढ़ाई गई थी। मैंने हाथ से टटोलना चाहा तो वहाँ मेरा पैर नहीं था। मुझे ट्रेन की लाइट याद आ गई। मैं सब समझ गई। मैंने उसी वक़्त फ़ैसला किया कि मैं उन तीनों...", रुककर फिर एक-एक शब्द सोच कर उसने दहाड़ा, "बलात्कारियों को नहीं छोड़ूँगी।"

डायरेक्टर ने आवाज़ लगाई, "फ्रीज़ ! यहाँ सेकेंड ब्रेक लेंगे।"

प्रोड्यूसर ने डायरेक्टर को थम्स-अप किया।

शिवेन्द्र ने पद्‌मजा को अपने कॉलर माइक से फुसफुसाकर कहा, "अब शीला दीदी से पूछिए कि कानूनी लड़ाई अब तक कैसे लड़ीं और लड़ाई कहाँ तक पहुँची?"

पद्‌मजा, "तो शीला दीदी, चूँकि आप आदिवासी महिलाओं की कानूनी सहायता करती हैं तो इरावती के सिलसिले में आप और आपकी संस्था ने अब तक क्या-क्या किया एक बार दर्शकों को भी बताइए।"

शीला दीदी—"पुलिस ने अस्पताल में ही इसका बयान लिया। जिसके आधार पर कोर्ट में जब तारीख़ मिली तो हम लोग गए। वहाँ हमको पता चला कि पुलिस की चार्जशीट में रेप का ज़िक्र भी नहीं है। हमने अपने वकील को तो सब बताया था लेकिन उसने इस बारे में अदालत को कुछ बताया ही नहीं। हमें ख़ुद ही अदालत को बताना पड़ा कि इरावती का रेप हुआ था। पर अदालत मानने को तैयार नहीं थी।"

इरावती ग़ुस्से में बोल पड़ती है, "जज मिला हुआ था। जज मिला हुआ था।"

कानूनी सलाहकार, जो अब तक चुप बैठे थे, ने इशारे से शूटिंग रुकवाई, "देखिए, इस तरह सीधे-सीधे जज पर आरोप लगेगा तो मैं यहाँ नहीं बैठने वाला।"

इरावती ने झुँझलाकर कहा, "लेकिन वह मिला हुआ था।"

कानूनी सलाहकार ने उसका मुँह बन्द करने की ग़रज़ से कहा, "कोई सुबूत है आपके पास?"

इरावती ने हैरत में पूछा, "सुबूत नहीं है तो क्या हुआ?"

कानूनी सलाहकार ने झुँझलाकर समझाया, "बेटा, बिना सुबूत के आप किसी पर आरोप नहीं लगा सकते वह भी उस पर जिससे आपको इंसाफ़ चाहिए। आप कहो कि आपके साथ नाइंसाफ़ी हुई है, बस।"

शीला दीदी ने भी इरावती को समझाया—"जब पुलिस ने चार्जशीट में रेप का ज़िक्र ही नहीं किया तो जज मजबूर है बेटा। तुम अभी ग़ुस्से में हो पानी पियो।"

शीला दीदी की बातों पर इरावती को भरोसा था इसलिए चुप हो गई। उसने पानी पिया।

उधर कंट्रोल रूम में प्रोड्यूसर ने डायरेक्टर, राइटर और समीर के गले में हाथ डाल कर बड़े ही चिन्तित स्वर में कहा, "क्रान्तिकारी टाइप की लड़कियों की कहानी नहीं चलती है टीवी में। रेटिंग गिर जाती है। आजकल तो रिमोट है लोगों के हाथ में, एक सेकेंड में चैनल चेंज।" फिर उसने शिवेन्द्र को कहा, "सवाल ऐसे बनाओ जो इमोशनल हों। जैसे आपको इस हालत में देखकर माँ का रिएक्शन क्या था? बाप का रिएक्शन...फिर घर में पैसा कमाने वाली आप ही थीं तो अब कैसे क्या होता है? मतलब, समझ रहे हो न बाबू?" तभी स्टूडियो से पद्मजा की आवाज़ आई, "शुरू कर सकते हैं।"

पद्मजा—"तो पुलिस कम्पलेन में रेप की बात ही नहीं थी?"

शीला दीदी—"नहीं। तो हमने कहा, पहले रेप की कम्पलेन लिखो। बहुत मशक्कत हुई। लोकल पुलिस स्टेशन वाले लिख ही नहीं रहे थे। तो हम लोग कमिश्नर से मिले। उसने लोकल थाने में फ़ोन किया। तब जाकर रेप की कम्पलेन लिखी गई। अब रेप की कम्पलेन लिखी गई तो पुलिस को

उन तीनों की गिरफ़्तारी के लिए उनके घर और कंस्ट्रक्शन साइट पर जाना पड़ा। लेकिन वो लोग कहीं मिले नहीं। फिर तारीख़ पे तारीख़।"

डायरेक्टर ने रोक दिया, "तारीख़ पे तारीख़ नहीं बोल सकते। यह एक फ़िल्म का डायलॉग है। कॉपीराइट का मामला हो सकता है। बोल दो कि मामला लम्बा खिंचने लगा।"

शीला दीदी ने वैसा ही बोला। तो इरावती ने भड़क कर बीच में टोका, "यह बोलिए कि उन्होंने पुलिस को पैसा खिला दिया था।" तो कंट्रोल रूम से डायरेक्टर ने फिर टोका, "नहीं-नहीं, ये सब नहीं बोल सकते। हम लोग केवल उतना ही रखेंगे जितना पुलिस और कोर्ट के डॉक्यूमेंट में है।"

प्रोड्यूसर ने शिवेन्द्र को इशारा किया, "इमोशनल वाले सवाल।" शिवेन्द्र ने झट से एक सवाल पद्मजा को दिया, "आप इकलौती कमाने वाली थीं अपने घर में तो जब यह दुर्घटना हुई तो आपका परिवार मुश्किलों में आ गया होगा। उसके बारे में कुछ बताइए।"

पद्मजा ने 'दुर्घटना' को 'हादसा' कहकर पूरा सवाल दुहरा दिया।

इरावती, "रिक्शा तो टूट ही गया था हमारे बाबू का। वैसे उससे जो पैसा आता था उसकी तो वह दारू पी जाते थे लेकिन अब वह घर के बर्तन चुराने लगे। एक दिन मैंने देख लिया तो कस के फटकार लगाई। तो वह उलटा मुझ पर ही बरस पड़े कि तेरे साथ ऐसा नहीं होता तो ऐसी नौबत नहीं आती। माई भी कभी मुझे कोसती कभी बाबू को।"

शिवेन्द्र ने पद्मजा को पूछने के लिए कहा, "तो खाने के लाले पड़ गए होंगे?"

पद्मजा—"तो आपके घर में तो भुखमरी की नौबत आ गई होगी?"

इरावती ने भड़क कर जवाब दिया—"बिलकुल। इसीलिए तो मैं जब तक उन बलात्कारियों को सज़ा नहीं दिलवा देती चैन से नहीं बैठूँगी।"

शिवेन्द्र—"कई रातें भूखे सोना पड़ा होगा।"

पद्मजा—"कई रातें भूखे सोना पड़ा होगा?"

इरावती—"देखिए मैडम, मुझे भूख प्यास तो अब याद नहीं है। याद है तो केवल एक बात—बलात्कार...और मुझे उनको जेल भेजवाना है।"

समीर और प्रोड्यूसर ने शिवेन्द्र को कुछ अलग पूछने को कहा। तो शिवेन्द्र ने बात बदली, "जब आपको अहसास हुआ कि आपके पैर नहीं हैं

तो आपको तो लगा होगा कि आपकी दुनिया ही उजड़ गई?"

पद्मजा थक भी रही थी और चिढ़ भी रही थी फिर भी उसने वह दुहरा दिया जो शिवेन्द्र ने बताया।

इरावती—"दुनिया उजड़ने की बात तो मैंने सोची ही नहीं। मैंने जब देखा कि उन्होंने मेरा पैर मुझसे छीन लिया तो उसी दिन प्रण कर लिया था कि अगर वो तीनों सामने आ जाएँ तो उन तीनों का अपने हाथों से गला घोंट दूँगी।"

कंट्रोल रूम में एडिटर ने बताया कि एपिसोड बनाने लायक पर्याप्त फ़ुटेज हो गया है बस एक बार लड़की ठीक से रो दे तो उसी पर फ़्रीज़ करके एपिसोड पूरा कर लेंगे। प्रोड्यूसर ने भी घड़ी देखकर कहा, "हाँ यार अब जल्दी-जल्दी निपटाओ।"

समीर ने जाकर स्टूडियो में इरावती को समझाया, "गला घोंटने जैसी बातें हिंसा को बढ़ावा देती हैं। भविष्य में आपका ही केस कमज़ोर होगा।" कानूनी सलाहकार और शीला दीदी ने भी समझाया, "हमें अपने केस के हिसाब से बोलना चाहिए।"

इरावती ने बात समझ ली और फिर से बोलना शुरू किया—"पहले तो उन लोगों ने अस्पताल की रिपोर्ट ही बदल दी थी। उसमें केवल इतना लिखा था कि पैर कट गया। लेकिन जो पहले वाली डॉक्टर थी उसने फिर से रिपोर्ट निकाल कर दी जिसमें बलात्कार की बात थी। तब जाकर बलात्कार का केस शुरू हुआ लेकिन कोई पकड़ा नहीं गया। अदालत ने जब पुलिस को कहा, पकड़ो, तो कहीं से पकड़ कर लाए और उसी दिन उनको छोड़ भी दिया।" शीला दीदी ने बात सँभाली, "छोड़ नहीं दिया। उनको ज़मानत मिल गई। लेकिन अदालत की तरफ़ से इरावती को एक सुरक्षा गार्ड भी दिया गया है ताकि आरोपी से उसको कोई ख़तरा न हो। बहरहाल, कई सुनवाई के बाद जब हमें महसूस हुआ कि केस में कुछ ख़ास नहीं हो रहा है। बस टाल-मटोल हो रहा है। तो हमने, मतलब हमारी संस्था ने वहाँ के लोगों के साथ मिलकर धरना प्रदर्शन किया और अदालत पर दबाव डालने की कोशिश की। मामला बहुत तूल पकड़ गया। जब अख़बारों में भी आ गया तो एक दिन फ़ैसला आया, हमारे हक़ में। तीनों आरोपियों को सात-सात साल की सज़ा हुई।"

इरावती ने तपाक से कहा, "लेकिन वो फिर से छूट गए।"

पद्मजा—"छूट गए? कैसे?"

शीला दीदी—"आरोपी हाई कोर्ट चले गए। वहाँ से उनको फिर से ज़मानत मिल गई।"

पद्मजा—"चूँकि अभी मामला अदालत में है और हम 'अबला नहीं सबला' की पूरी टीम की तरफ़ से आपको शुभकामनाएँ देते हैं कि आपको इंसाफ़ ज़रूर मिले। अब आप बताइए कि जब आपके माँ-बाप को पता चला कि आपके साथ क्या हुआ है तो उनको कैसा महसूस हुआ?"

इरावती—"वो सब मुझे पता नहीं। मैंने तो घर पहुँचते ही माई और बाबू को कहा कि देख लीजिए, आप लोग कहते थे न कि वह मज़ाक करता था। यह है उसका मज़ाक।"

पद्मजा—"तो उन्होंने क्या कहा?"

इरावती—"उस दिन तो सब सकते में थे, कुछ नहीं कहा। लेकिन एक दिन जब कुछ पड़ोस की औरतें आकर दिलासा दे रहीं थी तो पता है उस बाप ने मुझे क्या कहा?"

पद्मजा—"क्या कहा?"

इरावती—"उसने कहा मेरी ही कोई ग़लती होगी, कोई पागल थोड़ी न है कि इतना बड़ा कांड बेफ़ालतू में कर देगा। मैंने उसी वक़्त दीदी को कहा मुझे इस नरक में रहना ही नहीं।"

पद्मजा—"तो आप अब अपने घर में नहीं रहती?"

शीला दीदी—"नहीं। उस वक़्त से यह हमारे गाँधी आश्रम में ही रहती है।"

शिवेन्द्र ने भावुक करने को सवाल दिया, "आश्रम में आपको अपने माँ-बाप की याद आती होगी? याद करके-करके आप रोती होंगी?" पद्मजा ने दुहराया।

इरावती—"कैसे मैं उस बाप के लिए रो सकती हूँ?"

पद्मजा—"आपको अपना बचपन याद आता होगा।"

इरावती—"आता है। तीसरी कक्षा तक स्कूल गई। फिर चाय की दुकान, फिर माई के पीछे-पीछे बर्तन माँजने, फिर ईंटा उठाने, फिर बलात्कार, और अब यहाँ आपके सामने। मैं भूलने वाली नहीं हूँ।"

डायरेक्टर ने शिवेन्द्र की तरफ़ देखकर कहा, "थोड़ा और इमोशनल सवाल या कोई 'टची' बात लिखकर दे न!"

प्रोड्यूसर भी उतावला हो रहा था, उसने शिवेन्द्र से कहा, "पूरा हाथी

निकल गया बस पूँछ रह गई। कुछ अच्छा—सा शेक्सपीयर-ओक्स्पीयर की कोई लाइन याद नहीं है, इमोशनल सी? जिसको कोई भी सुने तो रो पड़े।" डायरेक्टर ने धीरे से कहा, "साइलेंस।" शिवेन्द्र अच्छी-सी लाइन लिखने में लग गया। प्रोड्यूसर ने उसे अकेला छोड़ दिया और एडिटर के पास जाकर फुसफुसाया, "ऑल द वर्ल्ड इज़ अ स्टेज।" एडिटर सिर हिलाते हुए फुसफुसाया, "अच्छा है अच्छा है।" प्रोड्यूसर ने उसके सिर पर चपत लगाई, "शेक्सपीयर का है बे।"

बहुत मशक्कत करने के बाद भी शिवेन्द्र ऐसा कुछ नहीं लिखकर दे पा रहा था जिससे इरावती रो पड़ती। बात अब खिंच रही थी। किसी को उसमें दिलचस्पी नहीं थी। उकताहट बढ़ती जा रही थी। सभी अपने-अपने स्तर पर इरावती को रुलाने वाली लाइन सोच रहे थे। अचानक प्रोड्यूसर ने आव देखा न ताव उसने मोटी-मोटी भद्दी-भद्दी गाली देते हुए समीर को खींचकर कंट्रोल रूम के बाहर धकेला, "कैसा राइटर लेकर आते हो बे जो साला एक लाइन नहीं लिख सकता। कमीशन पे लाए हो क्या?" प्रोड्यूसर ने शिवेन्द्र को भी धक्का देकर हटाया और ख़ुद ही राइटर की सीट पर बैठ गया। उसने कॉलर माइक लेकर पद्मजा को धीरे से कहा, "मैडम, शूटिंग ख़त्म करनी है। टाइम आलरेडी ओवर हो चुका है। आप भी कुछ इमोशनल-सा सवाल या लाइन सोचिए, हम भी सोच रहे हैं।"

यह धमकी थी पद्मजा के लिए कि अगले एपिसोड में दूसरी एंकर ले लेंगे। पद्मजा नज़रें नीची किए प्रोड्यूसर की बात सुन रही थी। उसे आलता से रँगे हुए अपने ख़ूबसूरत पाँव दिखे।

पद्मजा ने इरावती को सम्बोधित करते हुए कहा, "बलात्कार के बाद ज़िन्दगी हमेशा-हमेशा के लिए बदल जाती है। बचपना, मासूमियत सब ख़त्म हो जाती है। एकाकीपन घेर लेता है। ऐसे में रात काटना कितना मुश्किल हो जाता है? आज नहीं तो कल इंसाफ़ तो मिल ही जाएगा लेकिन जो अब कभी नहीं मिलेगा वह है पहले वाली इरावती और इरावती के पैर, जो दिन भर थिरकते रहते थे, चलते रहते थे, दौड़ते रहते थे। आपके मन में उमंग तो उठती होगी नाचने की, अपने पैरों में आलता लगाने की?"

पैर, थिरकना, नाचना, आलता जैसे शब्द इरावती के दिल में चुभ गए। बस, इरावती फफककर रो पड़ी।

कंट्रोल रूम में सबने यस-यस यस-यस करके एक-दूसरे के हाथ पर ताली मारी। प्रोड्यूसर गुटखा खाते हुए हिसाब किताब करने के लिए बाहर निकल गया। समीर उसके पीछे-पीछे भागा अपनी नौकरी बचाने के लिए।

इरावती रोते हुए कहती जा रही थी, “मुझे आलता लगाने का बहुत शौक था लेकिन उन हरामज़ादों ने मेरा सब कुछ छीन लिया।”

सारे कैमरे इरावती के आँसू और उसकी छटपटाहट रिकॉर्ड कर रहे थे। सभी स्पॉट-बॉयज़ शाम का नाश्ता लगा रहे थे। सभी अपने-अपने मोबाइल देख रहे थे। डायरेक्टर पता कर रहा था कि शेयर मार्केट आज कितने पर बन्द हुआ।

चाँद

टीवी धारावाहिक के शूटिंग स्टूडियो में डायरेक्टर आवाज़ लगाता है, "लाइट, कैमरा, रोलिंग, एक्शन।" कैमरे के सामने धारावाहिक की नायिका खड़ी है। सब ख़ामोशी से नायक के आने के इन्तज़ार में हैं। डायरेक्टर भी उधर ही देखता है जिधर से नायक को आना है। कहीं आवाज़ ठीक से न पहुँची हो, डायरेक्टर चिल्लाकर फिर से कहता है, "एक्शन।" लेकिन उधर कोई हलचल न देखकर वह अपने असिस्टेंट पर चिल्लाता है, "जाकर देख न!" उसका असिस्टेंट लगभग दौड़ते हुए उधर लपकता है।

उधर नायक अपने ग्रीन रूम में मेकअप और कॉस्टयूम के साथ तैयार होकर लगातार शराब का पेग बनाए जा रहा था। एक असिस्टेंट पहले से ही वहाँ खड़ा था जब तक दूसरा भी पहुँचता है। वह हिम्मत बटोरकर उससे धीमे से कहता है, "सर, शॉट रेडी है।" नशे में धुत नायक धीरे से गर्दन उसकी तरफ़ मोड़ता है जिससे असिस्टेंट सकपका जाता है। फिर वह अपनी गर्दन वापस पहले की अवस्था में ले आता है। कुछ सोचकर नायक उठता है। असिस्टेंट लपककर सेट पर सूचित करता है, "सर आ रहे हैं।" उधर 'सर' अपने ग्रीन रूम में मौजूद असिस्टेंट से कहते हैं, "डायलॉग बताओ।" असिस्टेंट हकलाते हुए स्क्रिप्ट पढ़कर उनका डायलॉग बताता है और नायक बिना सुने ग्रीनरूम से निकलकर सेट की तरफ़ जाने लगता है। नायक ने आदतन डायलॉग सुनाने के लिए कह दिया था। उसे आज उससे कोई मतलब था नहीं।

सेट पर पहुँचकर वह सीधे नायिका की तरफ़ चलने लगता है। नशे में धुत और सधे हुए कदमों की चाल ने सबको सावधान कर दिया। एक आशंका फैल गई थी अनहोनी की। डायरेक्टर, कैमरामैन, साउंड रिकार्डिस्ट सब हड़बड़ा जाते हैं और फ़ौरन लाइट ऑन होती है। डायरेक्टर हबड़-तबड़ कैमरा, साउंड, रोलिंग, एक्शन बोलता है। नायक नायिका के सामने खड़े होकर बोलना शुरू करता है, "बहुत चर्बी चढ़ गई है? साली दो कौड़ी की औरत। अपनी औकात भूल गई?" उधर प्रौम्प्ट करने वाला असिस्टेंट अपनी स्क्रिप्ट में खोज रहा था कि यह डायलॉग कहाँ है। तब तक तड़ाक-तड़ाक-तड़ाक की आवाज़ आती है। नायिका ने नायक को ज़ोर का थप्पड़ रसीद किया और ग़ुस्से में अपने ग्रीनरूम में चली गई।

1

अस्सी का दशक दिल्ली रंगमंच का हलचल भरा दौर था। बड़े-बड़े भव्य नाटकों से लेकर छोट-छोटे नुक्कड़ नाटकों तक में सामाजिक सरोकार बहुत नुमायाँ थे। यही वह दौर था जब जन नाट्य मंच के कलाकार केन्द्र सरकार की नीतियों के ख़िलाफ़ नुक्कड़ नाटक किया करते थे और फिर एक दिन नाटक के प्रदर्शन के दौरान ही कांग्रेसी गुंडों ने उन पर हमला कर दिया और सफ़दर हाश्मी की मौत हो गई थी। दिल्ली में इसकी तीखी प्रतिक्रिया हुई। शीला और तबस्सुम ने उस भूचाल को अपनी फटी-फटी आँखों से देखा था।

शीला और तबस्सुम दिल्ली के मिरांडा हाउस कॉलेज से स्नातक की पढ़ाई कर रही थीं। दोनों ही लड़कियों के घरवाले इस बात के लिए तैयार नहीं थे कि उनकी बेटियाँ ऐसे कॉलेज में पढ़ें। उनका मानना था कि वहाँ की लड़कियाँ बहुत 'खुली' होती हैं। इसके बावज़ूद दोनों लड़कियों ने वहीं दाख़िला लिया।

तबस्सुम अलीगढ़ से आई थी बल्कि कह सकते हैं कि भागकर आई थी क्योंकि उसने कॉलेज में दाख़िला लेने के बाद अपने माँ-बाप को बताया कि वह पढ़ाई के लिए दिल्ली जा रही है। तो घर-वालों का नाराज़ होना लाज़िमी था। उन्होंने समझाया था कि लड़कियाँ माँ-बाप का कहना मानती हैं और घर

से बाहर अकेले कहीं नहीं जातीं। पर घर से बाहर तो छोड़िए लड़की शहर के बाहर चली गई वह भी अकेले।

दूसरी तरफ़ शीला सोनीपत से आई थी। भागकर नहीं आई थी लेकिन घर-वालों को नाराज़ करके आई थी। उसने जब अपने घर में बताया तो किसी ने कोई उत्साहजनक प्रतिक्रिया नहीं दी और जिस दिन वह घर से चलने लगी उस दिन दादी ने अपने आँगन में मै-मै करती बकरी तो पीट दिया।

दोनों लड़कियाँ अलग-अलग रास्तों से उस जगह आईं, जहाँ उन्हें मिलना था।

जब शीला ने जन नाट्य मंच के नुक्कड़ नाटक 'औरत' करने की सूचना अपने कॉलेज के नोटिस बोर्ड पर लगाई तो तबस्सुम ने भी सोचा कि उसमें हिस्सा लें।

उसने ऑडिशन दिया। बहुत गन्दा ऑडिशन था। मतलब तबस्सुम में अभिनय के कोई गुण नज़र नहीं आ रहे थे। फिर भी शीला ने उसको एक मौक़ा और दिया, ऑडिशन का नहीं, भारतीय परिवार में लड़कियों और औरतों के हालात पर बोलने का। तो तबस्सुम ने अपनी पूरी भड़ाँस निकाल दी। उसने कहा, "हमारे परिवार में लड़कियों को केवल इसीलिए पढ़ाया जाता है ताकि उन्हें कोई डॉक्टर-इंजीनियर लड़का आसानी से मिल जाए जिससे शादी की जा सके" और उसके दिमाग में बड़े भाई की थप्पड़ गूँज गई जब उसने उसे दिल्ली जाकर पढ़ने की बात बताई थी। उसने कहा,"लड़कियाँ अकेले क्यों नहीं बाहर निकल सकतीं घर से? दूसरे शहर क्यों नहीं जा सकतीं?" और उसके दिमाग में छवि उभरती है कि उसके छोटे आठ साल के चचेरे भाई के साथ ही उसे बाहर जाने की इजाज़त मिलती है। उसने कहा, "मुझे भी फ़ैशन करने का मन करता है" और उसके दिमाग में उसके बाप का डाँटना और कोसना गूँजता है जब वह एक बार आईने के सामने अपना दुपट्टा लहरा-लहरा कर चित्रहार के गाने पर थिरक रही थी। एक साँस में अनगढ़ तरीके से न जाने क्या-क्या कहती गई वह। जब चुप हुई तो सन्नाटा छा गया था। फिर तालियाँ बजने लगीं।

शीला तबस्सुम से बहुत मुतास्सिर हुई, क्योंकि शीला आज तक वो सब नहीं बोल पाई जो उसने अपने परिवार में कमोबेश वैसा ही झेला था। हालाँकि उसने लिखा है, डायरी में, लेकिन बोल नहीं पाई। किसी को बता नहीं पाई।

ऐसी मुखरता शीला ने नहीं पाई थी। इसलिए जब तबस्सुम बोल रही थी तो मन ही मन शीला भी बोल रही थी। उसने मन में कहा, "क्या लड़कियाँ जींस नहीं पहन सकतीं? इसी के साथ उसके मन में एक थप्पड़ गूँजा। उसका तर्क था, "हर जगह लड़के लड़कियों का पहनावा लगभग एक जैसा होता है। पंजाबी औरत हो या मर्द, कुर्ता शलवार पहनते हैं। उसी तरह अंग्रेज़ मर्द हों या औरत शर्ट और पैंट पहनते हैं। तो मैं अपने भाई की तरह जींस क्यों नहीं पहन सकती? अगर बात कल्चर की है तो भाई का कोई कल्चर नहीं है?" इस ज़बानदराज़ी पर पूरी रात भूखे सोना पड़ा था उसे। उसने मन में कहा, "औरत सिगरेट क्यों नहीं पी सकती, वह क्यों नहीं इस्टाइल मार सकती?" और उसके दिमाग में छवि उभरी कि उसके बाप उसको डाँट रहे हैं, "औरत जात बीड़ी पीती है सिगरेट नहीं। देख अपनी दादी को।" बहुत कुछ हास्यास्पद भी था उसमें और क्रूर भी। बहरहाल उसने बहुत कुछ सोचा। दोनों अट्ठारह उन्नीस साल की लड़कियाँ थीं और वह अस्सी का दशक था इसलिए उनकी मुसीबतें भी छोटी-छोटी ही थीं।

शीला ने नाटक 'औरत' की केन्द्रीय भूमिका तबस्सुम को दे दी। नाटक का सफल प्रयोग हुआ। इस तरह तबस्सुम और शीला दोस्त बन गईं। इसी के साथ एक और लड़की उनकी दोस्त बनी—सुगीता। जो नाटक तो नहीं करती थी लेकिन नाटकों से बहुत अच्छे से परिचित थी क्योंकि उसका प्रेमी दिल्ली रंगमंच का एक पेशेवर अभिनेता था—यशवन्त कुमार 'निशंक'। नाम की ही तरह भव्य कद काठी थी उसकी। महफ़िल में वाहवाही लूटने वाली कविताएँ भी लिखता था इसलिए उसका उपनाम था 'निशंक'।

सुगीता और यशवन्त कुमार 'निशंक' दिल्ली के ही रहने वाले थे। दिल्ली के उच्च वर्गीय समाज में पले-बढ़े थे। दिन में कॉफ़ी हाउस में बैठकी करते और रात को क्लब और बार में आते-जाते थे। वे अँग्रेज़ी भाषी थे, हिन्दी में नाटक करते थे, शराब पीते समय उनको उर्दू ग़ज़लों की ज़रूरत पड़ती थी और बुद्धिजीवियों के बीच मंच पर बोलते समय दुष्यंत कुमार की।

सुगीता की शीला और तबस्सुम से जब दोस्ती हुई तो यशवन्त भी उनका ख़ास दोस्त बन गया। चारों दोस्त मंडी हाउस में मिलने लगे। वहाँ दोस्तों से उन्हें चाय की टपरी पर ही मिलना पड़ता था। श्रीराम सेंटर के सामने वाली चाय की टपरी। यह एक ऐसा अड्डा था जहाँ रूस-अमेरिका से नीचे कभी

किसी ने बात ही नहीं की। स्थानीय राजनीति को तो इस लायक भी नहीं समझा जाता कि उस पर चाय की दो-तीन चुस्कियाँ ख़र्च की जा सकें।

चाय का पैसा हमेशा यशवन्त ही देता था। एक तो वह कमाता था दूसरे वह अपने सामने कभी किसी लड़की को पैसे देने नहीं देता था। सुगीता को उसकी यही आदत तो उस पर मर मिटने को मजबूर कर देती थी। वह उसका 'ही-मैन' था। सुगीता के मन में अपने 'ही-मैन' के खोने की एक तरल-सी आशंका हमेशा उसकी त्वचा के नीचे तैरती रहती थी। हालाँकि वह इससे अनजान थी और सतह पर इसकी कोई वजह भी नहीं थी।

तीन साल कब बीते किसी को पता नहीं चला। तीनों लड़कियाँ स्नातक हो गईं और यशवन्त अट्ठाईस साल का हो गया। बॉम्बे की फ़िल्म इंडस्ट्री में उसके दोस्त कहने लगे थे कि समय रहते आ जाओ। वरना एक उम्र के बाद संघर्ष करना मुश्किल हो जाता है। लेकिन यशवन्त हमेशा सुगीता के नाम पर उनकी बातों को टाल दिया करता था कि वह सुगीता को दिल्ली में अकेले नहीं छोड़ सकता, उसका अपना भी करियर है, उसको 'सपोर्ट' करना है आदि-आदि इत्यादि। शायद वह अपनी असफलता की आशंका से डरता था जिसे सुगीता की आड़ में छिपा रहा था। अन्त में सुगीता ने ही तय किया कि वह यशवन्त को उसके फ़िल्म करियर में 'सपोर्ट' करेगी।

तो सुगीता और यशवन्त की शादी की बात भी शुरू हो गई। यशवन्त ने सुगीता को समझाने की कोशिश की कि अगर बॉम्बे जाएँगे तो संघर्ष में कितना दिन लगेगा पता नहीं। कब काम मिलेगा, मिलेगा या नहीं, कुछ पता नहीं। ऊपर से अगर परिवार की ज़िम्मेदारी भी होगी तो अपना करियर छोड़कर कुछ और करना पड़ सकता है। इसलिए उसकी सलाह थी कि शादी तब तक नहीं की जाए जब तक काम मिलना शुरू नहीं हो जाता। लेकिन सुगीता ने विकल्पहीन प्रस्ताव रखकर यशवन्त को चुप करा दिया। उसने कहा कि वह बॉम्बे में कोई भी नौकरी कर लेगी और घर चलाएगी, यशवन्त चिन्ता-मुक्त हो कर अपने करियर पर ध्यान दे। वैसे यशवन्त के पास अपनी सेविंग भी थी। जिससे दो-तीन साल तो वह बिना काम के भी रह सकता था बॉम्बे में।

तो शादी हो गई और दोनों बॉम्बे चले गए।

शीला और तबस्सुम अपने शहर लौटना नहीं चाहती थीं। इसलिए दिल्ली में टिके रहने के लिए या तो उन्हें आगे पढ़ना था या कोई नौकरी करनी थी।

अब नौकरी मिले न मिले एम.ए. में दाख़िला तो मिल ही जाएगा तो तय हुआ कि आगे ही पढ़ा जाए।

एम.ए. की पढ़ाई शुरू तो हो गई लेकिन सुगीता और यशवन्त के बॉम्बे चले जाने के कारण शीला और तबस्सुम की मंडी हाउस की मीटिंग बेरंग होने लगी। तभी सोवियत संघ बिखर गया। चाय की टपरी पर पहले अमेरिका को इसके लिए दोषी बताया गया फिर सोवियत रूस से ही ऐसी-ऐसी ख़बरें आने लगीं कि जो कम्युनिस्टों के विरोधी थे उन्हें बोलने को भारी-भारी शब्द मिल गए। ऐसे एक व्यक्ति से शीला उलझ भी पड़ी जो असल में सोवियत संघ की ख़बरों का कीचड़ बना-बनाकर उस पर फेंक रहा था। तबस्सुम लगभग खींचकर शीला को वहाँ से लेकर गई।

2

पढ़ाई के दौरान ही शीला ने कई नाटक लिखे। तबस्सुम ने उन सब में मुख्य भूमिका निभाई। उन्हें दिल्ली के रंगमंच में अच्छी सराहना मिली। सभी नाटक स्त्री सम्बन्धित विषयों पर थे। किसी पर भीष्म साहनी के 'माधवी' का असर था तो किसी पर मोहन राकेश के 'आधे अधूरे' का। लेकिन उनमें अनुभव का छौंका और विचार का तड़का था जो उनके नाटकों को मौलिक बनाता था।

शीला के जज़्बात की अभिव्यक्ति तबस्सुम के अभिनय से ही पूर्ण होती थी। धीरे-धीरे ऐसा होता गया कि शीला ने जो भी लिखा वह तबस्सुम को सोचकर लिखा और तबस्सुम ने जो भी किया वह शीला को समझकर किया। इसी दौर में दूरदर्शन के किसी अधिकारी ने शीला से कोई अच्छी कहानी जमा करने को कहा। सभी कर रहे थे मतलब मंडी हाउस में जमा होने वाली भीड़ का हर व्यक्ति कोई न कोई कहानी जमाकर रहा था या सम्भावित धारावाहिक से अपने को जोड़ रहा था। तेरह या छब्बीस एपीसोड का प्रोजेक्ट हुआ करता था उस समय। पर शीला की दुविधा यह थी कि प्रोजेक्ट को तो निर्माता जमा करता है। अगर धारावाहिक पास हो गया तो उसे लेखक थोड़ी न बनाएगा? इस पर दूरदर्शन के उस अधिकारी ने कहा, "जब तक धारावाहिक पास नहीं हो जाता, उसे बनाने की चिन्ता क्यों करती हो? जब पास हो जाएगा तो फ़िनांसर की कमी थोड़ी है बाज़ार में। ख़ुद बना

लेना। प्रोजेक्ट जमा करने के पहले सिर्फ़ एक बैनर की ज़रूरत है, तुम देख लो।" तो शीला ने देख लिया।

शीला और तबस्सुम ने रात दिन एक करके एक कहानी गढ़ी। एक आज़ाद लड़की 'चाँद' की कहानी और जमाकर दी। जमा करने के बाद दोनों के मन में एक पल को भी यह बात नहीं आई कि उनकी कहानी स्वीकृत नहीं होगी। वे दोनों अपने तेरह एपीसोड के टीवी धारावाहिक की तैयारी करने लगीं। सबसे पहले तो कैमरा, एडिटिंग, साउंड, डायरेक्शन आदि-आदि सभी तकनीकी चीजें समझनी थीं। शीला की रुचि इन चीज़ों में ज़्यादा थी। तबस्सुम ने केन्द्रीय भूमिका की तैयारी शुरू कर दी। शीला को ब्रिटिश काउंसल लाईब्रेरी में शेक्सपीयर के कुछ ड्रामे देखने को मिल गए। रात-रात भर बैठकर दोनों सहेलियाँ उन ड्रामों को देखतीं। शीला शॉट और सीन की कटिंग समझती तो तबस्सुम अभिनय की बारीकियाँ।

आख़िरकार दूरदर्शन में इंटरव्यू का दिन आ गया। इक्कीस-इक्कीस साल की दो लड़कियाँ पैनल के सामने उपस्थित हुईं, ऊर्जा और जोश से भरी हुईं। बहुत सारे सवाल हुए, बहुत सारे जवाब दिए गए। इन दो युवा लड़कियों पर भरोसा करने के लिए पैनल को उनकी क्षमता समझना ज़रूरी था इसलिए इतने सवाल और जवाब से निकलते नए-नए सवाल पूछने पड़ रहे थे। अन्त में केन्द्र के निदेशक ने एपीसोडिक स्क्रिप्ट के सम्बन्ध में सवाल किया तो शीला ने बताया कि उन्होंने तेरह एपीसोड लिखे हुए हैं। उसने अपने खादी के झोले से निकालकर दिखा भी दिया। सभी हैरत में थे। फिर भी आज़माईश बन्द नहीं हुई। निदेशक ने उनकी सच्चाई जाँचने के लिए पायलट एपीसोड पढ़कर सुनाने को कहा। शीला और तबस्सुम ने मिलकर एपीसोड पढ़ना शुरू कर दिया। पैनल का हर व्यक्ति अचम्भे में उनकी उम्र और उनकी तैयारी को देख रहा था। कोई भी उनका पाठ नहीं सुन रहा था। हर कोई उनका हौसला देख रहा था। क्योंकि यह तो तय हो चुका था कि उनकी कहानी अब स्वीकृत हो जाएगी।

एपीसोड पूरा पढ़ चुकने के बाद दोनों लड़कियों ने पैनल की प्रतिक्रिया समझने के मकसद से उन्हें देखा। लेकिन किसी ने ज़्यादा प्रतिक्रिया व्यक्त नहीं की। एक पल के सन्नाटे के बाद डायरेक्टर ने उन्हें 'थैंक यू' कह दिया। मतलब, 'आप जा सकती हैं'।

बाहर निकलकर शीला झल्ला गई, "कम से कम उन लोगों को इतना तो बताना चाहिए था कि कहानी अच्छी लगी या नहीं। मतलब सामान्य शिष्टाचार वाली मुस्कराहट ही दिख जाती किसी के चेहरे पर। लेकिन नहीं, खड़ूस बुड्ढे कहीं के।"

समय बीतता गया। दोनों दूरदर्शन के नतीजे का इन्तज़ार करने लगीं। सेलेबस की पढ़ाई पढ़ने की भरपूर कोशिश करतीं लेकिन उनका मन तो अपने प्रोजेक्ट में ही अटका रहता था। चार-पाँच महीने बीतने के बाद दोनों एक दिन ख़ुद ही चल पड़ीं दूरदर्शन के दफ़्तर। लेकिन सुरक्षाकर्मियों ने अन्दर घुसने ही नहीं दिया। उनसे प्रोजेक्ट के बारे में कुछ पूछने पर वे कुछ बता भी नहीं पाए। दोनों लड़कियाँ अपने दिमाग पर ज़ोर डाल कर उस अधिकारी का नाम याद करने की कोशिश करने लगीं जिसने उन्हें प्रोजेक्ट जमा करने को कहा था। सिर पर हाथ मार-मार कर आख़िरकार नाम याद आ ही गया—यदुवंशी।

यदुवंशी जी ने बताया कि "हमारा चैनल फ़िलहाल 'चाँद' जैसी कहानियाँ नहीं ले रहा है"। "चाँद जैसी सी कहानियाँ, मतलब?" "मतलब क्रांतिकारी लड़कियों की कहानियाँ। हम अभी राष्ट्रवादी या पौराणिक कहानियाँ खोज रहे हैं"। "ऐसा क्यों?" शीला ने पूछा। "इसलिए कि दूरदर्शन सरकार के नज़रिए पर चलता है," ऐसा यदुवंशी जी ने कहा, "अभी सावित्री सत्यवान की एक कहानी स्वीकृत हुई है, तुम लोग भी ऐसा कुछ क्यों नहीं जमा करती हो?"

जिस हौसले और उत्साह के साथ पिछला चार-पाँच महीना बीता था उतने ही उत्साह-हीनता के साथ अब शीला और तबस्सुम पढ़ाई करने लगीं, मजबूरी थी, सात आठ महीनों के बाद एम.ए. की परीक्षा थी। पर उनके बर्ताव से तो लगता था कि अगर परीक्षा में सिर्फ़ पास भी हो जाएँ तो ग़नीमत है।

3

उधर बॉम्बे में यशवन्त की कोशिशें जारी थीं। पर अब तक किसी फ़िल्म या टीवी धारावाहिक में उसका चयन नहीं हुआ था। छोटी-छोटी भूमिकाएँ उसे करनी नहीं थी। इसलिए उसका ज़्यादातर समय काम को मना करने में

बीतता गया। सुगीता ने एक स्कूल में नौकरी पकड़ ली थी। इसलिए किराए की चिन्ता यशवन्त को थी नहीं और शराब पीने के लिए उसके पास अपनी कमाई के पैसे पहले से ही मौजूद थे। सुगीता के स्कूल जाने के एक-दो घंटे के बाद यशवन्त के परिचित और उसके जूनियर, जिनको वह अपना चेला समझता था, उसके घर पर अड्डा जमाने आने लगते थे। बॉम्बे में मंडी हाउस जैसा कोई अड्डा नहीं है। लोग अलग-अलग जगहों पर मिलते-जुलते ज़रूर थे लेकिन ऐसी कोई जगह नहीं थी जहाँ बैठकर रूस-अमेरिका पर जुगाली कर सकें। शुरू-शुरू में जब सुगीता शाम को स्कूल से घर लौटती तो सिगरेट के जले हुए ठुट्ठे, धुआँ, बीयर और पसरे हुए लोगों से उसका कमरा भरा मिलता था। एक ही कमरा था, वही ड्राईंगरूम वही बेडरूम वही डायनिंगरूम। काम से थककर लौटी लड़की के लिए अपनी कमर सीधी करने की कोई जगह नहीं होती थी। इसलिए जब उसने यशवन्त से निवेदन किया कि उसके लौटने तक अगर महफ़िल ख़त्म हो सके तो उसको थोड़ा अच्छा लगेगा। तो यशवन्त ने भी उसकी दिक्कत को समझा और शाम होने के पहले ही महफ़िल ख़त्म होने लगी।

यशवन्त के दिमाग से दिल्ली रंगमंच पर मिलने वाली तालियों की गूँज नहीं निकल पा रही थी। रंगमंच की छोटी-सी दुनिया का शिखर पुरुष बॉम्बे में काम के लिए कम तालियों के लिए ज़्यादा भटक रहा था।

जैसे-जैसे बिना काम के यशवन्त के दिन बीतने लगे वैसे-वैसे उसने बड़े-बड़े फ़िल्मी सितारों को ख़ारिज करना शुरू कर दिया, " अमिताभ बच्चन हों या नसीरुद्दीन शाह किसी को एक्टिंग नहीं आती। एक्टिंग मीडियौकरी से नहीं होती। मीडियौकर आदमी पॉपुलर हो सकता है पर एक्टर नहीं।" उसके चेले चपाटे दम साधकर उसकी बातें सुनते। उसके ये बयान उसके शिष्यों के मन मस्तिष्क में किसी महापुरुष के उद्धरण की तरह छप रहे थे। धीरे-धीरे एक भी स्थापित अभिनेता ऐसा नहीं बचा जो यशवन्त के अनुसार अच्छा अभिनेता हो। अभिनय की पुरानी परिभाषाएँ उसके कमरे में ध्वस्त की जा रही थीं और नई परिभाषाएँ गढ़ी जा रही थीं कि तभी एक दिन स्कूल से सुगीता का उसके पास फ़ोन आया कि दो से तीन घंटे में दिल्ली से शीला और तबस्सुम आ रही हैं। कमरा ठीक कर लो। एअरपोर्ट से सीधे हमारे घर पर ही आएँगी।

4

शीला और तबस्सुम जब दिल्ली में अपनी अवसादग्रस्त झुँझलाहट में पढ़ने की नाकाम कोशिश कर रही थीं उस दौरान एक दिन उनके पेजर पर एक मैसेज आया, एक टेलीफ़ोन नम्बर पर सम्पर्क करने के लिए, जो उनके लिए अनजान था। चूँकि उन दोनों के बीच एक ही पेजर था इसलिए यह पता नहीं था कि मैसेज किसके लिए है। शीला ने तबस्सुम को कहा और तबस्सुम ने शीला को, कि जाकर पीसीओ से कॉल करे। लेकिन तबस्सुम नहीं उठी। अन्ततः शीला पीसीओ से कॉल बैक करने गई लेकिन अगले ने कॉल रिसीव नहीं किया। शायद उस समय वह कहीं व्यस्त रहा होगा। सम्भव है कि वह कॉल बैक करे, यह सोचकर शीला वहीं खड़ी रही थोड़ी देर। पर कुछ देर के बाद, 'कौन हो सकता है और कौन नहीं हो सकता' ये सब सोचते हुए वह वापस अपने कमरे पर चली आई। थोड़ी देर के बाद पीसीओ वाले ने ख़ुद आकर बताया कि किसी का फ़ोन आया है, आपके लिए। इस बार शीला के साथ-साथ तबस्सुम भी गई। उसके मन में भी उत्सुकता जागी कि आख़िर कौन है जो उनसे बात करना चाहता है।

कॉल रिसीव हुई। उधर वाले आदमी ने कहा, "मैं यदुवंशी बोल रहा हूँ। मैंने दूरदर्शन छोड़कर बॉम्बे में एक सेटेलाइट चैनल ज्वाइन किया है। आप लोगों ने जो प्रोजेक्ट दूरदर्शन में जमा किया था—चाँद—उसे लेकर बॉम्बे आ जाइए, फ़ौरन से पेशतर, हमारे चैनल को उसकी ज़रूरत है। ट्रेन का टिकट मिले न मिले इसलिए फ़्लाइट से आ जाइए, तत्काल।"

5

रात को खाना चारों ने साथ में खाया। उसी एक कमरे के घर में। फ़र्श पर ही कुकर और प्लेट लेकर सब बैठ गए। छक कर खाया। सात महीने के बाद मिल रहे थे तो सभी भूखे थे। यशवन्त बीयर ले आया था। दोस्ती की धारा फिर से सबके हलक में ठंडक पहुँचा रही थी। सुगीता इस बात पर ख़ुश थी कि उसकी दोनों सहेलियाँ अब उसके आसपास ही रहेंगी। लेकिन यशवन्त उनसे बार-बार यदुवंशी के बारे में पूछ रहा था—"कौन

है? कैसा आदमी है? कैसे मिला? कितने भरोसे का आदमी है? फ़िल्म और टीवी इंडस्ट्री में लड़कियों को लोग ऐसे मन लुभावन प्रस्ताव दिया ही करते हैं। उनका मकसद असल में कुछ और होता है। ऐसे लोगों से बच कर रहना चाहिए"

शीला का स्पष्ट मानना था, "हमें अपने काम से काम रखना है।" तबस्सुम कहती है कि "हम सतर्क रहेंगे। थोड़ा-सा भी कुछ ऐसा महसूस होगा कि वह हमारा फ़ायदा उठाने की कोशिश कर रहा है तो हम यह प्रोजेक्ट ही छोड़ देंगे।" रात भर ऐसी तमाम तरह की आशंकाओं और उनके परिणाम पर बात करते हुए कब सुबह हुई और सुगीता के स्कूल जाने का समय हो गया पता ही नहीं चला। सुबह-सुबह पानी टंकी में भरकर और सबके लिए नाश्ता तैयार करके सुगीता स्कूल चली गई।

तबस्सुम और शीला को दोपहर दो बजे वरली में यदुवंशी जी से मिलना था। तबस्सुम ने यशवन्त से कहा, "तुम भी साथ चलो। तुम बाहर रहना। अगर कुछ गड़बड़ हुई तो हम तुम्हें बुला लेंगे।" यशवन्त भी फ़ौरन तैयार हो गया। इस बात पर शीला ने हँसकर उसे एक विशेषण दिया, "महिलाओं का रक्षक।"

दो बजे शीला और तबस्सुम यदुवंशी के कॉर्पोरेट ऑफ़िस में थीं। बाहर किसी कैफ़े में यशवन्त चाय कॉफ़ी पी-पीकर समय काट रहा था।

अन्दर मीटिंग में जो कुछ भी घटित हो रहा था वह इक्कीस-बाईस साल की लड़कियों के लिए हैरतअंगेज़ था। यदुवंशी जी ने बताया कि उनको 'चाँद' की कहानी अब डेली सोप को ध्यान में रखकर फिर से लिखनी होगी। फिर से सारे पात्रों का चित्रण करना होगा। उसे बॉम्बे के बड़े व्यापारिक घराने की कहानी बनानी होगी आदि-आदि।

यदुवंशी जी ने कुछ और लोगों को वहाँ बुला रखा था। जिनमें अभय सिंह और राधेश्याम श्रीवास्तव प्रमुख रूप से थे। इनकी मदद से शीला और तबस्सुम को अपनी कम्पनी बनानी थी। वक़्त बिलकुल नहीं था। चार महीने के बाद प्रसारण की तारीख़ भी मिल गई। ऐसा लग रहा था कि शीला और तबस्सुम की ज़िन्दगी बेकाबू हुई जा रही थी।

मीटिंग से बाहर निकलकर दोनों लड़कियाँ सकते में कुछ देर खड़ी रहीं चुपचाप। यशवन्त दौड़ा-दौड़ा उनके पास आया और उनके चेहरे का उड़ा हुआ रंग देखकर पूछने लगा, "क्या हुआ?" कोई जवाब न पाकर उसने फिर

कहा, “मैंने कहा था न कि वह ठीक आदमी नहीं है? उसने परेशान किया न तुमको? तुम भोली-भाली लड़कियों को इनसान की पहचान ही नहीं है। मैं तो आए दिन रोज़ ऐसे लोगों को देखता हूँ। कहाँ बैठा है वह? मुझे बताओ मैं उस कमीने की...”

बोलते-बोलते वह रुक गया और उन दोनों को देखने लगा और शीला उसकी बात का जवाब दिए बिना कैफ़े की तरफ़ जाने लगी, उसके पीछे तबस्सुम। यशवन्त ने आवाज़ देकर कहा, “अगर बात गम्भीर है तो हम पुलिस में भी जा सकते हैं।”

दोनों लड़कियाँ कैफ़े में जाकर बैठ गईं। गहरी-गहरी साँस लेकर उन्होंने पहले अपने को शान्त किया। फिर उन्होंने यशवन्त को बताया कि प्रोजेक्ट पास हो गया है और उस पर आज से ही बल्कि अभी से ही काम करना होगा। यशवन्त को समझ में ही नहीं आ रहा था कि ये लड़कियाँ बोल क्या रही हैं और वह उनकी बातों पर कैसे प्रतिक्रिया दे।

6

शीला और तबस्सुम की नींद उड़ चुकी थी। दूसरे दिन से युद्ध स्तर पर काम शुरू हो गया। शीला अभय सिंह और राधेश्याम श्रीवास्तव की मदद से कम्पनी के ऑफ़िस और प्रोडक्शन से जुड़ी दूसरी चीज़ों में व्यस्त हो गई। तबस्सुम दिन भर कहानी पर काम करती और शाम को जब शीला लौटकर आती तो उसे कहानी बताती। शीला उस पर अपना फ़ीडबैक देती। इस विचार विमर्श में यशवन्त भी शामिल रहता था। कहानी में नाटकीयता की उसकी समझ शीला और तबस्सुम से ज़्यादा परिपक्व थी। लेकिन उसके दोस्तों और चेले चपाटों का, जो रोज़ उसके घर में अड्डा जमाते थे, आना जाना बन्द हो गया। सुगीता को इस बात की ख़ुशी थी। भले ही उसने कभी ज़ाहिर नहीं किया। उसे लगता था कि यशवन्त भी इन सबसे प्रेरित होकर कुछ रचनात्मक करेगा। इसके अलावा वह भी अपने ख़ाली समय में और छुट्टी के दिनों में तबस्सुम के साथ बैठकर कहानी पर काम करती। नए-नए मशवरे देती। सुगीता के मशवरे में अनुभव का पुट था। जिसे शीला और तबस्सुम पटकथा में रूपान्तरित कर देती थीं।

शीला और तबस्सुम ने सुगीता के घर का किराया देना चाहा लेकिन उसने साफ़-साफ़ मना कर दिया। असल में वह दिल से चाहती थी कि उसके घर में कुछ काम की चीजें हों न कि शराब सिगरेट की अड्डेबाज़ी। एक आध बार यशवन्त ने अपनी पत्नी सुगीता से शीला-तबस्सुम के सम्बन्ध में बात करने की कोशिश की भी तो सुगीता ने उसे साफ़-साफ़ कह दिया—"जब तक उनके पैसे नहीं आने लगते हमें उनके साथ ऐसे ही चलाना होगा। बॉम्बे में आख़िर कौन है उनका?" यशवन्त ने भी ज़्यादा हील हुज्जत नहीं की।

बहुत जल्द ही अँधेरी के आदर्श नगर में प्रोडक्शन हाउस का एक दफ़्तर ले लिया गया और लगभग एक महीने सुगीता और यशवन्त के घर में रहने के बाद उन्होंने अपने लिए टू बीएचके फ़्लैट भी किराए पर ले लिया। वहाँ जाने से पहले दोनों लड़कियों ने सुगीता और यशवन्त को भी साथ चलने को कहा लेकिन सुगीता इसके लिए तैयार नहीं हुई। बल्कि वह तो यह भी कहने लगी कि दिन में अगर ऑफ़िस न जाने का मन करे तो उसके घर पर ही आकर काम कर लिया करे। इससे उसका घर भी हमेशा ऊर्जा से भरा रहेगा।

समय इतनी तेज़ी से भाग रहा था कि उसे पकड़ना मुश्किल हो रहा था। दोनों लड़कियाँ जिस गति से भागी जा रही थीं उसे देखकर यशवन्त को अपने पिछड़ते जाने का अहसास होने लगा था। उसे अपनी बेरोज़गारी खलने लगी थी। वह चिड़चिड़ा हो रहा था। किसी भी ऑडिशन में घुसते ही उसे नॉट फ़िट कह देते थे। अब वह अक्सर अपने घर में सुगीता के सामने कहने लगा था कि, "लड़कियों को तो आसानी से काम मिल जाता है। दिक्कत तो लड़कों को होती है।" सुगीता उसका अर्थ समझ रही थी लेकिन चुप रहती थी। वह समझती थी कि यशवन्त काम न मिलने के दबाव में ऐसा कह रहा है।

अपने स्कूल से एक बार सुगीता ने शीला को फ़ोन भी किया कि अगर सम्भव हो तो यशवन्त को भी अपने प्रोजेक्ट में शामिल कर ले, वरना वह पागल न हो जाए। शीला ने उसे वचन दिया कि वे लोग जो कुछ भी करेंगी उसमें यशवन्त तो होगा ही। इसके लिए अलग से बोलने की ज़रूरत नहीं है।

उधर दिल्ली में उनकी एम.ए. की परीक्षा छूट चुकी थी। दोनों के घरवाले बुरी तरह नाराज़ हो चुके थे। 'लड़की हाथ से निकल गई है' यह बात पहले तो उनके मन में थी अब ज़बान पर भी आ गई। इसके लिए दोनों के घरों में उनकी माँओं को ही ज़िम्मेदार बताया गया। कुछ हद तक बात सही भी थी। उन

लड़कियों के साहस अथवा दुस्साहस को माँओं का ही मौन प्रश्रय प्राप्त था।

शीला और तबस्सुम ने चैनल में नई कहानी जाकर सुनाई। थोड़े से हेर-फेर के बाद कहानी स्वीकृत हो गई। इस पूरी प्रक्रिया में पता चला कि यदुवंशी जी तो चैनल के प्रोग्रामिंग हेड हैं। असल में दोनों लड़कियाँ कभी पूछ ही नहीं पाईं थीं यदुवंशी जी से कि आप यहाँ किस हैसियत से हैं और उन्होंने भी शायद कभी इस रूप में अपना परिचय नहीं दिया था। उन्होंने चैनल में अपनी टीम से शीला और तबस्सुम को अपने तरीके से काम करने देने को कह दिया था।

7

फ़िल्म सिटी में सेट लगने लगा। चैनल ने सेट लगाने के नाम पर एक करोड़ की अग्रिम राशि का भुगतान किया। शीला ने ज़िन्दगी में कभी एक साथ एक करोड़ लिखा हुआ भी नहीं देखा था यहाँ तो साक्षात चेक उसके हाथ में था। उसकी कम्पनी का पहला चेक। इस ख़ुशी में उसको पार्टी करने का मन हुआ। उसने तबस्सुम को कॉल करके कहा—"बस सुगीता और यशवन्त को घर बुला लेंगे।" तबस्सुम ने मटन चाप पकाने का ज़िम्मा ले लिया। शीला ने जब सुगीता को पार्टी में बुलाने के लिए कॉल किया तो उसने अपनी पहली प्रतिक्रिया यही दी कि "यशवन्त को भी अलग से कॉल कर लेना और हाँ उसे यह मत बताना कि मैंने ऐसा करने को कहा है। वरना वह नहीं आएगा।" शीला ने उनके बीच का तनाव इस एक वाक्य से ही भाँप लिया। इसलिए उसने यशवन्त को भी कॉल कर दिया। यशवन्त ने बहुत उत्साह नहीं दिखाया लेकिन फिर भी वक्त पर पहुँच जाने की बात की।

चैनल ने कास्टिंग के लिए अभिनेताओं के ऑडिशन माँगने शुरू कर दिए थे। शीला के दिमाग में शुरू से ही स्पष्ट था कि केन्द्रीय पात्र की भूमिका तबस्सुम निभाएगी। तबस्सुम को भी इसकी बहुत ख़ुशी थी। उसी दिन मुख्य पुरुष पात्र के लिए कास्टिंग डायरेक्टर ने यशवंत को कॉल किया था। तो उसने ऑडिशन से इनकार कर दिया। शीला और तबस्सुम ने फ़ौरन कुछ बोलना उचित नहीं समझा। अब शाम की पार्टी में इसी मुद्दे पर बात होने वाली थी।

8

शाम की पार्टी में यशवन्त भड़क गया, "मैं इतनी दूर से दो कौड़ी के टेलीविज़न का काम करने नहीं आया हूँ। मैं फ़िल्मों में काम करने आया हूँ। फ़िल्मों में ही काम करूँगा और मेन रोल ही करूँगा। चाहे मुझे कितना भी इन्तज़ार क्यों न करना पड़े।" उसके चिल्लाने के बाद किसी ने कुछ नहीं कहा। सुगीता ने उसे समझाना छोड़ ही दिया था। प्रेमी होता तो प्रेमिका की बात सुन लेता। लेकिन अब तो वह पति है। वह क्योंकर पत्नी की बात सुनने लगा। उन दिनों तो सुगीता उससे कुछ भी बोलती थी तो झगड़ा निश्चित था। नकारात्मक सोच रखने वालों की कल्पना शक्ति बहुत तेज़ होती है। वे फ़ौरन किसी के कुछ समझाने का निहितार्थ खोजने लगते हैं और उन्हें इसमें कामयाबी भी मिल जाती है। तो यशवन्त ने भी खोज लिया कि सुगीता उसे इसीलिए टीवी का काम करने को अपनी सहेलियों के ज़रिये कहलवा रही है क्योंकि वह घर-घुस्सू की तरह सिर्फ़ रोटियाँ तोड़ता है।

बहरहाल शीला और तबस्सुम ने उसे समझाने की कोशिश की कि शाहरुख़ ख़ान भी तो टीवी से ही फिल्मों में आया है। "टीवी का काम निकृष्ट काम थोड़ी है? नसीरुद्दीन शाह ने 'मिर्ज़ा ग़ालिब' किया कि नहीं? और ओम पुरी, ओम पुरी ने भी न जाने कितने टीवी सीरियल किए हैं, आज सबसे ज़्यादा विदेशी फ़िल्में वही कर रहे हैं। 'भारत एक खोज' में सारे बड़े एक्टर काम करते थे न?" फिर शीला ने कहा, "ठीक है अगर तुम्हें बीच में कोई फ़िल्म मिल जाए तो हमारा सीरियल छोड़ देना।" शीला की यह बात उसे थोड़ी सम्मानजनक लगी। कुछ पल नाराज़गी में इधर-उधर सिर घुमाने के बाद उसने पूछा, "इस सीरियल का डायरेक्टर कौन होगा?" शीला ने कहा कि दस-पन्द्रह एपीसोड तक तो उसे ही निर्देशन सँभालना पड़ेगा फिर किसी दूसरे को इसमें लगाएगी। इस बात पर यशवन्त को खिसियाहट में हँसी आ गई और वह उठकर वहाँ से निकल गया।

उसकी खिसियाहट भरी हँसी में उन लड़कियों का उपहास था। यशवन्त अपने को जिस मुकाम पर देख रहा था, ये लड़कियाँ उसके आसपास भी

नहीं थीं। दिल्ली में नाटक करते हुए कई बार उसने निर्देशक बदलवा दिए थे। "अपने से ऊपर का डायरेक्टर जब तक मुझे न मिले मैं काम नहीं कर पाता हूँ", यह उस समय का उसका बयान था।

यशवन्त के इस बर्ताव के बाद तो शीला के लिए किसी दूसरे अभिनेता को खोजना ही एकमात्र रास्ता बचता था। लेकिन इसके पहले कि काम आगे बढ़े अयोध्या में बाबरी मस्जिद तोड़ डाली गई और मुम्बई में भयानक दंगों का दौर शुरू हो गया। सारे काम-काज ठप्प। पूरा शहर साम्प्रदायिक दबाव और मनोवैज्ञानिक तनाव से गुज़रने लगा। इसी दौर में एक दिन शीला के मकान मालिक ने तबस्सुम के हिजाब के बारे में पूछकर उसे असहज कर दिया। तब पहली बार शीला को अहसास हुआ कि अरे वह तो हिजाब पहनती है। वरना उसके हिजाब पहनने को उसने कभी नोटिस ही नहीं किया था। इस बात की भनक जब तबस्सुम को हुई तो उसने हिजाब उतारकर फेंक दिया। हालाँकि शीला कभी भी बुर्का और हिजाब के समर्थन में नहीं रही लेकिन पहली बार उसको महसूस हुआ कि यह किसी की सांस्कृतिक पहचान भी हो सकती है और उसे मिटाने का कोई दबाव नहीं डाला जाना चाहिए। उधर तबस्सुम भी यह मानती थी कि खान-पान और पहनावा कभी भी किसी पर थोपा नहीं जाना चाहिए। उन दोनों ने एक-दूसरे की निजता का सम्मान करते हुए इस पर बात करने की कभी ज़रूरत महसूस नहीं की।

उधर उनके घरवाले कितने भी नाराज़ हों लेकिन बॉम्बे के हालात के बारे में पढ़-सुनकर उनकी चिन्ताएँ बढ़ने लगीं। तो शीला और तबस्सुम के घर-वालों ने नाराज़गी थूककर लगभग एक साल के बाद उनसे बात की। उन्हें अहसास कराया कि उनके माँ-बाप उनके साथ खड़े हैं। शीला और तबस्सुम को निश्चित रूप से इससे नैतिक बल मिला।

बहुत सारे जलसे-जुलूस के माध्यम से शहर के माहौल को ठीक करने की निरन्तर कोशिश की गई। ज़िन्दगी अपने रास्ते पर लौटने ही लगी थी कि अचानक एक दिन पूरा बॉम्बे सीरियल ब्लास्ट से दहल उठा। आर्ट डायरेक्शन के लिए काम करने वाले बिहारी मज़दूर अपनी जान बचा-बचाकर अपने गाँव भाग गए और वो तब तक नहीं लौटे जब तक शहर का मिज़ाज पटरी पर नहीं आ गया।

इस चक्कर में शीला और तबस्सुम का प्रोजेक्ट छह महीने के लिए लटक गया। जहाँ सेट लगा था उसका किराया जा रहा था। ऑफ़िस का किराया भी जा रहा था। ज़ाहिर सी बात है कि घर का किराया भी जा रहा था। हर तरफ़ से पैसा जा रहा था और काम के नाम पर निल बटा सन्नाटा।

9

पूरे देश ने बॉम्बे पर जो आर्थिक दबाव थोपा है वह उसे मजबूर कर देता है बड़े से बड़े हादसे के बाद भी चल पड़ने को। इसे ही बॉम्बे-स्पिरिट कहते हैं। अगर उत्तर भारत के किसी शहर में ताबड़तोड़ ऐसे हादसे हो जाएँ तो दस साल से भी ज़्यादा समय लग जाएगा उससे उबरने में और कम से कम एक पीढ़ी पूरी ज़िन्दगी अपने चेहरे पर उन हादसों के निशान लिए घूमती फिरेगी।

बॉम्बे-स्पिरिट ने फिर से सबको काम पर लगा दिया। इस बीच सुगीता गर्भवती हो गई थी इसलिए हालात को देखते हुए उसे अपने मायके दिल्ली जाना पड़ा था। हालात जब साज़गार हुए तो यशवन्त उसे वापस बॉम्बे ले आया।

शीला और तबस्सुम फिर से युद्ध स्तर पर लग गईं अपने काम में। कास्टिंग फिर से शुरू हुई। हैरत की बात तब हुई जब यशवन्त ख़ुद ही ऑडिशन देने उनके दफ़्तर पहुँचा। शीला और तबस्सुम यशवन्त को देखकर ख़ुश हुईं। उन्होंने यशवन्त का ऑडिशन चैनल भेज दिया। वह चैनल के सौन्दर्य प्रतिमान पर खरा तो उतरता ही था, अभिनेता भी बहुत अच्छा था। इस तरह यशवन्त और तबस्सुम नायक नायिका बन गए शीला के पहले टीवी धारावाहिक 'चाँद' के।

10

'चाँद' एक लड़की का नाम है। जो अलीगढ़ से, अपने परिवार से बग़ावत करके अपने सपनों का पीछा करते हुए मुम्बई आई थी। सीरियल का पहला धमाकेदार एपीसोड प्रसारित हो गया। दूसरे दिन मीडिया में हर तरफ़ तबस्सुम

और यशवन्त की ही चर्चा थी। टीवी पर पहली बार एक दुस्साहसी लड़की की कहानी से चारों तरफ़ सनसनी फैल गई। यह वह दौर था जब फ़िल्मों में, अँधेरे सिनेमा हॉल में बैठकर, ऐसी लड़कियों को लोग भले ही बड़े चाव से देख लेते थे लेकिन यह कभी नहीं चाहते थे कि घर के उजाले में परिवार के साथ बैठकर ये सब देखें। ऐसे में छोटे पर्दे पर एक दुस्साहसी लड़की की कहानी उनमें एक अलग तरह का रोमांच भर रही थी।

यशवन्त अपनी सफलता से सन्तुष्ट दिखाई देता था। सुगीता भी ख़ुश थी। उसे लगता था कि आने वाला बच्चा उसके लिए सौभाग्य लेकर आया है। यशवन्त फ़ौरन एक कमरे के फ़्लैट से निकलकर अँधेरी पश्चिम में एक टू बीएचके फ़्लैट किराए पर लेकर परिवार के साथ वहाँ रहने लगा। अब वह अपने चेले चपाटों से सेट पर ही मिला करता था और कामयाबी के नए-नए नुस्ख़े समझाया करता था।

'चाँद' की कामयाबी के बाद शीला के एक साल के अन्दर चार टीवी सीरियल एक साथ चल रहे थे। इस कामयाबी के बाद उनके घर-वालों ने उनकी चापलूसी में कोई कसर नहीं छोड़ी। दोनों के घरवाले मुम्बई आना चाहने लगे। वो उनके साथ कुछ दिन रहना चाहते थे। अब घर-वालों को क्या कहें। उन्हें आने से मना नहीं किया जा सकता था। इसलिए दोनों लड़कियों ने एक ही बिल्डिंग में अलग-अलग फ़्लैट किराए पर ले लिए।

11

शूटिंग शेड्यूल के चक्कर में अब रात देर से सोने और दिन में देर तक सोने की आदत बन चुकी थी तबस्सुम की। लेकिन एक दिन उसकी नींद थोड़ी जल्दी खुल गई। कमरे के बाहर हॉल में उसके बाप, वालिद मोहतरम, किसी के साथ झौंझौं कर रहे थे। वह भी मोबाइल पर। इनकमिंग चार्जेज़ देकर। चेहरे पर हैरत लिए तबस्सुम अपने कमरे से बाहर निकली कि बात क्या है, तो पता चला कि यूपी के किसी मदरसे के किसी मुफ़्ती ने तबस्सुम के ख़िलाफ़ फ़तवा दे दिया है, किसी सीन में उसने शराब पी थी। मज़े की बात है कि उसके वालिद मोहतरम अपनी बेटी के पक्ष में चिल्ला रहे थे। बेटी अगर सेलिब्रेटी हो जाए तो कोई भी फ़तवे के ख़िलाफ़ खड़ा हो सकता

है। उसके शहर में उसके ख़िलाफ़ जुलूस निकले और नारे भी लगाए गए। नारा लगाने वालों में तबस्सुम का चचेरा भाई भी था। पर घरवाले तबस्सुम के साथ खड़े थे।

तबस्सुम ने प्रेस के सामने फ़तवे को मानने से साफ़-साफ़ इनकार कर दिया। लेकिन चैनल ने मीटिंग बुला ली, 'अर्जेंट मीटिंग'। यदुवंशी जी ने साफ़-साफ़ निर्देश दिया कि "जब तक हंगामा ठंडा नहीं पड़ जाता तबस्सुम के सीन कम कर दिए जाएँ। सिगरेट और शराब का कोई दृश्य भविष्य में न हो। हम किसी समुदाय को ठेस नहीं पहुँचा सकते" आदि-आदि। शीला और तबस्सुम यदुवंशी जी पर भड़क गईं, "यह तो साम्प्रदायिक शक्तियों के आगे झुकना है।" यदुवंशी जी के पास ऐसा कोई तर्क नहीं था जिससे ये दोनों सहमत हो पातीं और अन्त में उन्होंने यदुवंशी जी को व्यंग्य में यह कहकर वहाँ से निकल आईं कि "चाँद को बुर्का ही क्यों नहीं पहना देते?"

दूसरे दिन यदुवंशी जी ने शीला और तबस्सुम के पास आकर उनको समझाया कि "ये मुद्दा इतना बड़ा नहीं है कि इसे नज़रअन्दाज़ न किया जा सके।" दोस्तों ने भी समझाया कि किसी को इतनी जल्दी ऐसे मौके नहीं मिलते जो किस्मत से उन दोनों को मिले हैं। यशवन्त ने भी समझाया कि "चाँद तुम्हारा आख़िरी प्रोजेक्ट तो है नहीं, अपनी भावनाएँ रखने के और भी वहुत सारे मौके आएँगे ज़िन्दगी में। अगर अभी चैनल की बात नहीं मानी गई तो अपना धारावाहिक तो बन्द हो ही जाएगा, भविष्य में दूसरे चैनल भी काम देने से गुरेज़ करेंगे।" उसके प्रोडक्शन के अभय सिंह और राधेश्याम श्रीवास्तव ने भी विनम्रता से निवेदन किया कि "अगर चैनल की बात नहीं मानी गई तो कम से कम पाँच सौ लोग जो इस कम्पनी के ज़रिये काम पाते हैं, एक झटके में बेरोज़गार हो जाएँगे।" इन तमाम तर्कों ने शीला और तबस्सुम का ग़ुस्सा 'रचनात्मक' दिशा में मोड़ दिया। अब किसी भी दृश्य में नायिका शराब और सिगरेट नहीं पिएगी। संवाद में उनका ज़िक्र भी नहीं करेगी। सामाजिक मुद्दों को छोड़कर व्यक्तिगत सम्बन्धों पर कहानी का ज़्यादा ज़ोर होगा। इस तरह 'चाँद' की धार कम कर दी गई। हालाँकि अभी ग्रहण लगना बाकी था।

12

शूटिंग फिर से विधिवत शुरू हो गई। शीला चार-चार धारावाहिक एक साथ सँभाल रही थी। तबस्सुम एक दिन में चार अलग-अलग सेट पर शूटिंग करने लगी थी। यशवन्त चार-चार धारावाहिकों का सफल नायक हो गया था। उसने एक पब्लिसिटी एजेंसी को अपने तरह-तरह के इंटरव्यू और उससे सम्बन्धित दूसरी ख़बरों को छपवाने का ज़िम्मा दे दिया। उसके बारे में लिखा जाने लगा कि वह जिस भी धारावाहिक में अभिनय करता है उसकी कामयाबी निश्चित है—रेटिंग का खिलाड़ी नम्बर वन। वह टीवी इंडस्ट्री का एक मिथकीय व्यक्तित्व बनता चला गया। किसी भी पार्टी या आयोजन में लोग उसके साथ तसवीरें खिंचवाना अपना गौरव समझने लगे। वह मैनेजमेंट इंस्टीच्यूट में कामयाबी पर भाषण देने जाने लगा।

एक दिन शूटिंग पर प्रतिमा नहीं आई। प्रतिमा 'चाँद' की सहायक निर्देशक थी। उन्नीस साल की प्रतिमा मुम्बई के मिठीबाई कॉलेज से बीए करके डायरेक्टर बनने का सपना लिए 'चाँद' के सेट पर चली आई। शीला ने उसके जोश में अपना जोश देखा था इसलिए शुरू में उसे 'लोकल कनवेंस' पर कुछ दिन रखा फिर सैलरी भी देने लगी। प्रतिमा अभी मुख्य सहायक निर्देशक भले ही न हुई हो लेकिन उसकी अपनी लगन और शिद्दत से सभी उस पर इस कदर निर्भर हो गए थे कि उसके बिना शूटिंग असम्भव सी लगने लगी थी। वह प्रतिमा जब सेट पर नहीं आई तो सबको चिन्ता हुई। उसका मोबाइल बन्द था। कुछ देर झल्लाने के बाद शीला ने चिल्लाकर कहा कि किसी को उसके घर भेजा जाए। लेकिन घर तो तब भेजा जाय जब किसी को उसके घर का पता मालूम हो। शूटिंग में आने वाले नब्बे फ़ीसदी लोगों को एक-दूसरे का घर पता नहीं होता। किसी के पास समय ही नहीं है कि किसी के घर जाएँ। बहुत सारे लोगों की तो ज़िन्दगी निकल जाती है शूटिंग करते हुए लेकिन अपने सहकर्मियों से उनकी मुलाक़ात शूटिंग के बाहर कभी होती ही नहीं। इस बात के लिए उनसे सहानुभूति की जानी चाहिए।

शीला ने उसके एग्रीमेंट पेपर से उसके घर का पता निकाला और अपने सहायक को भेजा। सहायक ने वहाँ पहुँचकर फ़ोन किया कि प्रतिमा कल रात से अस्पताल में भर्ती है। कोई ठीक से बता नहीं रहा है कि वजह क्या है?

शीला और तबस्सुम काम रोककर अस्पताल गईं और उससे मिलीं। प्रतिमा ने अकेले में उन्हें जो बताया वह अविश्वसनीय था। नितान्त अविश्वसनीय।

दोनों सकते थीं। उन्हें समझ में नहीं आ रहा था कि इस बात पर प्रतिक्रिया कैसे दें। वे वापस लौटकर यशवन्त के ग्रीनरूम में गईं और उन्होंने उससे बात करने की कोशिश की। यशवन्त उनकी चुप्पी को भाँपने की कोशिश करता है। लेकिन अन्ततः शीला को बोलना ही पड़ता है कि प्रतिमा प्रेग्नेंट थी, उसका एबॉर्शन करवाया गया है। यशवन्त ने चिन्ता और संवेदना प्रकट की तो तबस्सुम अपनी अधीरता में बोल पड़ी कि प्रतिमा का कहना है कि उसके पेट में जो बच्चा था वह यशवन्त का था।

पहले तो यशवन्त को इस बात का यक़ीन नहीं हुआ कि तबस्सुम ने बिना लाग-लपेट के उससे यह बात कह दी। फिर वह भड़ककर प्रतिमा को गालियाँ देने लगा, "उस दो कौड़ी की लड़की को तो मैं कभी ठीक से देखता भी नहीं था। मैं स्टार हूँ स्टार। इसलिए मुझे बदनाम करने की कोशिश कर रही है वह। अरे मेरे पास समय ही कहाँ है? शूटिंग से भागकर घर जाता हूँ, सुगीता के लिए। इस समय उसे मेरी ज़्यादा ज़रूरत है। वह प्रेग्नेंट है और इस टाइमिंग को वह लड़की अच्छे से समझती है। वह मेरा घर उजाड़ना चाहती है और कुछ नहीं। तुम लोग ख़ुद सोचो कि इस समय अगर सुगीता को पता चलेगा तो क्या होगा? ब्रेकअप, सपेरेशन। यही वह लड़की चाहती है।" भावावेग में यशवन्त रो पड़ा।

शीला और तबस्सुम दुविधा में थीं। उन्हें प्रतिमा की बात भी सच लग रही थी और यशवन्त की भी। बहरहाल, उन्होंने तय किया कि यह बात सुगीता तक नहीं पहुँचेगी। वरना उसे दुःख होगा।

13

सुगीता की डिलेवरी डेट आ गई थी। शीला और तबस्सुम उसे लेकर अस्पताल चली गईं क्योंकि यशवन्त का शूटिंग शेड्यूल चल रहा था। उसे शीला और तबस्सुम ने चिन्तामुक्त होकर शूटिंग करने को कहा था। फिर भी यशवन्त ने डायरेक्टर से उसके सारे दृश्य पहले कर लेने की गुज़ारिश की ताकि वह जल्दी से जल्दी अस्पताल जा सके। लेकिन उसके पैकअप

के पहले ही उसकी बच्ची ने जन्म ले लिया। दोनों सहेलियाँ निरन्तर सुगीता के साथ थीं और सुगीता की आँखों से निरन्तर आँसू बह रहे थे। शीला उसका हाथ सहला रही थी और तबस्सुम उसकी नवजात बेटी को गोद में लेकर लाड़ कर रही थी।

काफ़ी देर हो गई और यशवन्त अभी तक नहीं आया था। निर्माता होने के नाते वैसे भी शीला को अपनी तमाम शूटिंग की ख़बर रखनी ही पड़ती थी तो उसने अपने प्रोडक्शन मैनेजर अभय सिंह को कॉल करके यशवन्त के बारे में पूछा तो उसने बताया कि "सर तो एक घंटे पहले निकल चुके हैं।" तो शीला ने यशवन्त को कॉल किया। यशवन्त ने जवाब दिया कि वह अभी-अभी शूटिंग से निकला है। शीला ने बिना किसी प्रतिक्रिया के कॉल कट करके सुगीता को बताया कि "रास्ते में ट्रैफ़िक बहुत है।" कुछ पल की ख़ामोशी के बाद सुगीता उन दोनों से पूछती है, "प्रतिमा कैसी है अब?"

शीला और तबस्सुम की ज़िन्दगी में वैसे भी हैरत भरे हादसों की कमी नहीं थी कि एक और हैरत उनकी ज़िन्दगी में प्रकट हो गई। वे दोनों इस तरह से सुगीता को देख रही थीं मानो पूछ रही हों कि तुम्हें उसके बारे में कैसे मालूम? तो क्या वह सब सच है जो प्रतिमा ने कहा था? अगर मालूम था तो अब तक चुप क्यों रही? बहुत सारे सवाल उन दोनों के चेहरे पर आ-जा रहे थे। उनके मन में दुविधा चल रही थी कि सुगीता की अभी जो हालत है उसमें इस विषय पर क्या उससे कोई बात की जा सकती है? तब तक यशवन्त आ गया।

14

शूटिंग के दौरान कभी-कभी सुगीता सेट पर आया करती थी। इसी दौरान उसने एक स्पॉट बॉय को अपना मुख़बिर बनाया था। वह उसे गाहे-बगाहे ख़बर दिया करता था। उसके बदले में उसे कुछ पैसे मिल जाते थे। इस 'जासूसी दुनिया' की कभी किसी को भनक भी नहीं लग पाई।

सुगीता यशवन्त के प्यार में इस कदर पड़ी हुई थी कि हमेशा ख़ुद को असुरक्षित महसूस करती थी। उसकी अतिसतर्कता उसे शक करने पर मजबूर कर देती थी। वह हमेशा यशवन्त के आगे चुप रही क्योंकि वह डरती थी कि

अगर उसकी कोई बात यशवन्त को बुरी लग जाए और वह उससे रिश्ता तोड़ दे तो उसका क्या होगा?

15

यशवन्त से नफ़रत में जली-भुनी तबस्सुम बहुत तेज़ गाड़ी चला रही थी। शीला उसे बार-बार 'सँभाल कर' 'सँभाल कर' कहती जा रही थी। तबस्सुम ने साफ़-साफ़ शीला से कह दिया, "मैं यशवन्त जैसे टुच्चे इनसान के साथ अब काम नहीं कर सकती, या तो वह रहेगा 'चाँद' में या मैं।" शीला उसे ठंडे दिमाग से बात करने के लिए अपने घर ले गई। घर पर शीला उसे समझाती है, "अपने चलते हुए सीरियल से अचानक उस किरदार को नहीं निकाल सकते जिसे खड़ा करने में हमने इतनी मेहनत की है। कहानी में सब कुछ अस्वाभाविक हो जाएगा। यह तो हुई प्रोडक्शन से सम्बन्धित बात। अब प्रतिमा और यशवन्त की बात, तो जब तक कुछ साबित नहीं हो जाता हम कैसे एक आदमी पर इलज़ाम लगाकर उसे निकाल दें? प्रतिमा अगर खुलकर बोलती तो हम सब उसका साथ देते। लेकिन उसका तो अब कहीं अता-पता ही नहीं है। इसलिए हड़बड़ी में किसी नतीजे पर पहुँचना ठीक नहीं है।"

उस दिन तो तबस्सुम को शीला ने समझा दिया लेकिन शूटिंग के दौरान जब-जब यशवन्त के साथ तबस्सुम का दृश्य होता तो वह असहज होने लगती थी। भले ही किसी को कुछ समझ में न आए लेकिन यशवन्त बेवकूफ़ नहीं था और उसे उस विशेष सन्दर्भ की जानकारी भी थी। लेकिन उसने अपने चेहरे पर कोई भाव नहीं आने दिया।

अभय सिंह और राधेश्याम श्रीवास्तव बड़े घाघ किस्म के प्रोडक्शन मैनेजर और प्रोडक्शन कंट्रोलर थे। अपने मालिक की भाव भंगिमा से ही समझ जाते थे कि उनको क्या चाहिए। शीला ने उन्हें यशवन्त की एक-एक गतिविधि की रिपोर्ट करने को कहा। तो एक दिन उन्होंने बताया कि "यशवन्त सर आजकल नई-नई अभिनेत्रियों को ऑडिशन के लिए अपने ग्रीनरूम में बुलाने लगे हैं।" पहले तो शीला हैरान हुई फिर उसे गुस्सा आया कि उसकी नाक के नीचे ये सब खेल चल रहा है और उसे मालूम भी नहीं। पर सीधे-सीधे

यशवन्त को यह कैसे कहें कि वह ग़लत कर रहा है? यह सोचकर शीला ने अपने दफ़्तर और सेट पर जगह-जगह नोटिस लगवा दी कि यहाँ अभी कोई ऑडिशन नहीं चल रहा है।

16

समझ में नहीं आ रहा था कि यशवन्त सुधर गया है या उसके बारे में जो शक था उसमें कोई सच्चाई ही नहीं थी? अभय सिंह और राधेश्याम श्रीवास्तव अपने लोगों से यशवन्त की एक-एक पल की रिपोर्ट लेते और शीला को दिया करते थे। शूटिंग के बाद भी उस पर नज़र रखी जाती थी। लेकिन ऐसा कभी कुछ हाथ नहीं लगा जिससे उसके चरित्र की दुर्बलता ज़ाहिर होती हो। असल में शीला और तबस्सुम तो अपनी दोस्त सुगीता के लिए परेशान थीं। इसलिए उन्होंने यशवन्त के इर्द-गिर्द जासूसों का जाल बिछा दिया था।

बॉम्बे अब मुम्बई बन चुकी थी और 'चाँद' की कामयाबी को लगभग ढाई साल हो चुके थे। इसी दौरान एक रोज़ प्रतिमा ने अपनी शादी का निमंत्रण पत्र शीला और तबस्सुम के नाम भेजा। उसकी शादी एक प्रतिद्वन्द्वी टीवी धारावाहिक के नायक़ से हो रही थी।

काफ़ी देर तक तबस्सुम शादी का कार्ड लेकर सोचती रही। फिर उसने कहा कि हो सकता है वह लड़की किसी स्टार से ही सम्बन्ध बनाना चाहती हो। उस चक्कर में उसने यशवन्त के साथ भी कोशिश की हो जो सफल नहीं हुआ। पर शीला में कभी भी नतीजे पर पहुँचने की हड़बड़ाहट नहीं रहती थी। उसके सामने सवाल था कि "प्रतिमा ने एबॉर्शन क्यों करवाया? वह नाटक तो नहीं था।" पर वह सीधे-सीधे यशवन्त को दोष भी नहीं देती थी।

'चाँद' के साढ़े सात सौ एपीसोड की पार्टी रखी गई। 'चाँद' की केन्द्रीय भूमिका तबस्सुम कर रही थी लेकिन मीडिया का आकर्षण यशवन्त था। प्रेस से बात यशवन्त कर रहा था। शूटिंग लोकेशन से लाइव यशवन्त था। इंटरव्यू यशवन्त के छप रहे थे। अँग्रेज़ी पत्रिकाओं के लिए फ़ोटो सेशन यशवन्त के हो रहे थे। यह सब देखते हुए अभय सिंह ने एक दिन तबस्सुम को सलाह दी, "मैडम आप भी एक पब्लिसिटी एजेंसी से बात

कर लीजिए। आप कहें तो मैं उनसे मीटिंग करवा दूँ।" इस पर तबस्सुम को हँसी आ गई। बेचारे अभय सिंह भी उसके सामने हें हें हें हें करके हँसने लगे। तबस्सुम को उनकी बात समझ में ही नहीं आई कि अपनी प्रतिभा से काम किए जाना एक बात है और शोहरत को दिन दूनी रात चौगुनी बढ़ाते जाना बिलकुल दूसरी बात।

बहरहाल, पार्टी ख़त्म हुई तो सभी अभिनेता अपने-अपने घर निकल गए। सिर्फ़ प्रोडक्शन वाले शीला के साथ थोड़ी देर के लिए रुक गए।

रात काफ़ी हो जाने के बाद अक्सर तबस्सुम अपने ड्राइवर को घर भेज देती थी। शराब पीनी हो तो गाड़ी भी घर भेज देती थी और ख़ुद टैक्सी या ऑटो रिक्शा से घर चली जाती थी। इसलिए पार्टी से निकलकर वह ऑटो के इन्तज़ार में खड़ी थी कि यशवन्त अपनी गाड़ी लेकर निकला। तबस्सुम को देखकर उसने आवाज़ दी। तबस्सुम ने पूछा, "शराब नहीं पिया है क्या?" यशवन्त ने अपने सुरूर में दिलीप कुमार की तरह स्टाइल मारते हुआ कहा, "कौन कमबख़्त मुझे गाड़ी चलाने से रोक सकता है। पुलिस? उन्हें हम देख लेंगे दुर्जन।" तबस्सुम ने उसके साथ जाने से इनकार कर दिया। तो उसने कहा कि उसने केवल एक पेग लिया है। "एक पेग से क्या होता है? बैठो गाड़ी में।" तबस्सुम उसकी कार में बैठना नहीं चाहती थी लेकिन आसपास कहीं कोई टैक्सी और ऑटो रिक्शा दिखाई भी नहीं दे रहा था। तब तक यशवन्त ने कार से उतरकर तबस्सुम का हाथ पकड़ा और लगभग ज़बरदस्ती उसे गाड़ी में बैठा लिया।

रात में देर होने पर यशवन्त भी अपने ड्राइवर को छोड़ देता था लेकिन कभी टैक्सी या ऑटो रिक्शा से नहीं चलता था। शराब पीकर गाड़ी चलाने का उसने कीर्तिमान स्थापित किया हुआ था। गाड़ी चलाते हुए उसने अपनी कार में रखी स्कॉच मुँह से लगाकर और दो घूँट लिया और ठीक दो मिनट के बाद ही उसकी प्रतिभा को प्रकट होने का मौक़ा मिल गया। सामने एक पुलिस वाले ने हाथ दिखाया। यशवन्त ने एक हज़ार रुपये का नोट निकाला और खिड़की खोलकर उसकी तरफ़ बढ़ा दिया और बिना पुलिस वाले को देखे आगे बढ़ गया।

तबस्सुम की हैरत का ठिकाना ही नहीं रहा। तीन साल से ज़्यादा हो गए थे तबस्सुम को मुम्बई में रहते हुए लेकिन यातायात की इस व्यवस्था से वह

वाक़िफ़ ही नहीं थी। उसने कहा कि एक हज़ार रुपया यशवन्त अगर अपने ड्राइवर को दे देता तो बेचारा दुआएँ भी देता और वह नशे में सुरक्षित घर भी पहुँच जाता। लेकिन यशवन्त को रिश्वत देने का सुख लेना होता था। आख़िर जितनी दौलत उसने कमाई है उसका क्या मतलब रह जाता अगर वह कोई अपराध न करता तो! उसे सब कुछ ख़रीद लेने का सुख लेना होता था। सब कुछ यानी ईमान, वफ़ादारी, क़ानून सब कुछ। तभी तो प्रोडक्शन मैनेजर अभय सिंह और कंट्रोलर राधेश्याम श्रीवास्तव को भी उसने ख़रीद लिया था। वे यशवन्त के 'ऑडिशन' की ख़बर शीला तक पहुँचने ही नहीं दे रहे थे। यह थी यशवन्त की प्रतिभा।

यशवन्त अपनी प्रतिभा पर इतरा-इतराकर गाड़ी चला रहा था और तबस्सुम के घर के ठीक पहले वाले सिग्नल के पास उसने तबस्सुम की जाँघ पर अपना हाथ रख दिया।

इसे किस्मत ही कहेंगे कि तबस्सुम को उन यातनाओं से कभी नहीं गुज़रना पड़ा था जिनसे ज़्यादातर अभिनेत्रियाँ गुज़रती हैं। कभी कोई कास्टिंग डायरेक्टर उन पर अपना हाथ रख देता है और कभी कोई निर्माता या निर्देशक। हैसियत के हिसाब से तय होता है कि कौन कहाँ हाथ रखेगा। जिसकी जितनी हैसियत, उसका उतना आत्मविश्वास। लड़कियों की संस्कारगत चुप्पी उनके आत्मविश्वास का सबसे बड़ा कारण है।

तबस्सुम भी सकते में पहले तो कुछ बोल ही नहीं पाई। उसे तो असल में वास्तविकता समझने में ही कुछ पल का वक़्त लग गया। फिर उसने अपनी गर्दन मोड़कर यशवन्त को देखा। यशवन्त ढीट की तरह मुस्कुरा रहा था और उसे ही देख रहा था। तबस्सुम के चेहरे का रंग ग़ुस्से से लाल हो गया। उसने बहुत धीरे से कहा, "हाथ हटाओ।" लेकिन यशवन्त ने उसकी बात को नज़रअन्दाज़ करके कहा, "मुझे तुम पहले दिन से ही पसन्द थी। दिल्ली से ही।" तबस्सुम ने अपनी आवाज़ थोड़ी तेज़ की, "हाथ हटाओ।" तब तक सिग्नल ग्रीन हो गया और गाड़ी सीधे जाकर तबस्सुम की बिल्डिंग के पास रुकी। तबस्सुम धड़ से कार से उतरी लेकिन यशवन्त ने उसे पुकारकर कहा, "तुम चाहो तो सुगीता से मेरी शिकायत कर सकती हो।" तबस्सुम पलटकर उसे देखे उसके पहले ही उसने अपनी गाड़ी आगे बढ़ा ली।

17

घर पहुँचकर तबस्सुम ग़ुस्से में पागल हो रही थी। वह बार-बार शीला को कॉल कर रही थी लेकिन शीला का मोबाइल निरन्तर व्यस्त आ रहा था। उसने झल्लाकर अपना मोबाइल पटक दिया। वह पूरे घर में इधर-उधर घूम रही थी। इस तरह से रात के तीन बज गए। तभी दरवाज़े पर किसी ने कॉल बेल बजाई। सशंकित तबस्सुम ने दरवाज़े के होल से देखा तो सामने शीला खड़ी थी।

शीला ने अन्दर आते ही उससे बड़े कड़े लहजे में पूछा, "क्या चल रहा है तुम लोगों के बीच?" तबस्सुम तो ख़ुद अपनी बात्त कहने के लिए शीला का इन्तज़ार कर रही थी, अब उल्टे शीला ही उससे ऐसा सवाल करने लगी! अपनी बात स्पष्ट करते हुए शीला ने बताया कि सुगीता का फ़ोन आया था। यशवन्त ने उसे बताया था कि तबस्सुम उसके पीछे पड़ी हुई है, और आज वह यशवन्त को अपने घर बुला रही थी, यशवन्त किसी तरह से उससे पीछा छुड़ाकर निकल पाया है। तबस्सुम बौखलाकर चिल्लाई, "उस हरामी के पिल्ले को मैं जान से मार दूँगी।"

शीला अभी भी उसे तिरछी निगाहों से देख रही थी। इस बात पर तो तबस्सुम और ज़्यादा बौखला गई। उसने चिल्लाकर शीला से कहा, "तुझे मुझ पर भरोसा नहीं है?" तभी बगल के फ़्लैट से कोई निकलकर इधर-उधर देखता हुआ आया जैसे जानना चाह रहा हो कि आवाज़ कहाँ से आ रही है तो शीला दरवाज़ा बन्द करके तबस्सुम को अन्दर के कमरे में ले गई।

अन्दर जाकर तबस्सुम ने उसे सारी सच्चाई बताई।

अब शीला और तबस्सुम मिलकर यह सोचने लगीं कि इस कमीने इनसान से छुटकारा कैसे पाया जाए। जब तक बात दूसरों की थी तब तक तो उसे सहन किया जा ही जा रहा था। लेकिन अब उसने सीधे इन लड़कियों पर हमला किया था। उसे मालूम था कि उसकी पत्नी तो उसी की बात का यक़ीन करेगी। नहीं करेगी तो जाएगी कहाँ? तमाम हालात को समझते हुए शीला ने फ़ैसला किया कि अब उसे अपने सीरियल से निकाल देंगे। लेकिन पहले चैनल से बात करनी होगी।

दूसरे दिन शीला और तबस्सुम ने यदुवंशी जी से मिलने का समय माँगा।

उन्हें समय नहीं मिला। शीला ने कॉल किया तो उन्होंने रिसीव नहीं किया। तबस्सुम ने मैसेज किया, "इट्स अर्जेंट।" तो उन्हें शाम चार बजे का समय मिल गया। तबस्सुम उस दिन शूटिंग पर गई ही नहीं। इसलिए उधर सेट पर सिर्फ़ यशवन्त का शॉट लगाकर डायरेक्टर ने पैकअप कर दिया।

यदुवंशी जी की बातों, प्रतिक्रियाओं और व्यवहारों से कभी पता नहीं चला कि उनकी विचारधारा क्या है या संवेदनशीलता का स्तर क्या है। उनके चेहरे पर कभी कोई भाव नहीं देखा गया। जब तबस्सुम उन्हें कल रात की घटना बता रही थी तो उनके सपाट चेहरे को देखकर साथ में यह भी सोच रही थी कि शायद उसकी बातों का कोई नतीजा न निकले और यदुवंशी जी यथास्थिति बनाए रखने की सलाह दे दें। जबकि इसके विपरीत यदुवंशी जी अपने सपाट चेहरे के पीछे एक संवेदनशील और दूरदृष्टि रखने वाले व्यक्ति थे। उन्होंने ने शीला और तबस्सुम की पूरी बात सुनी और उनका प्रस्ताव भी कि वो उसे निकालकर दूसरे अभिनेता को लाना चाहती हैं। उन्हें यह समझते देर नहीं लगी कि वह जिन दो लड़कियों का बहुत सम्मान करते हैं, इस बार स्वयं वे ही आहत हैं। उन्होंने यह भी सोचा कि मामला तूल पकड़ेगा तो भविष्य ही नहीं बल्कि निकट भविष्य में ही चैनल की बदनामी भी हो सकती है इसलिए उन्होंने सलाह दी, "इस तरह अचानक उसे निकालने से वह तुम पर मुक़दमा कर सकता है इसलिए कुछ ऐसा करो कि उसे निकालना निकालना न लगे। अब चूँकि कहानी के हिसाब से उसके कैरेक्टर की मौत हो नहीं सकती इसलिए उसे यूएस भेज दो। बिज़नेस ट्रिप पर। आगे उसके बिना मैनेज कर लेना।"

चैनल की हरी झंडी मिलते ही शीला ने ऑफ़िस लौटने के रास्ते में ही यशवन्त का आख़िरी दृश्य लिख दिया और लेखकों के दल को इस बाबत सूचित कर दिया ताकि वे आगे की कहानी में इसका ध्यान रखें।

ऑफ़िस पहुँचकर शीला और तब्बसुम ने अभय सिंह और राधेश्याम श्रीवास्तव को बुलाया और बड़े ही ख़ुफ़िया तरीके से बताया कि यशवन्त को निकाला जा रहा है, कल यशवन्त का आख़िरी सीन शूट होने वाला है। लेकिन उन्होंने सचेत करते हुए कहा कि किसी को कानों कान ख़बर नहीं होनी चाहिए। दोनों प्रोडक्शन से जुड़े बन्दों ने बड़ी गम्भीरता से उनकी बात सुनी, समझी और बाहर निकलकर यशवन्त को फ़ोन पर ब्रेकिंग न्यूज़ सुना दिया।

18

दूसरे दिन नया दृश्य सब तक पहुँच चुका था। शॉट रेडी हो चुका था। डायरेक्टर ने आवाज़ लगाई, "लाइट, कैमरा, रोलिंग, एक्शन।" कैमरे के सामने अपनी बताई जगह पर तबस्सुम आकर खड़ी हो गई। सब ख़ामोशी से यशवन्त की इंट्री के इन्तज़ार में थे। डायरेक्टर ने उचककर उधर देखा जिधर से यशवन्त को आना था। उसने सोचा कि शायद 'सर' तक आवाज़ नहीं पहुँची है इसलिए उसने ज़ोर से कहा, "एक्शन।" लेकिन उधर कोई हलचल न देखकर वह अपने असिस्टेंट पर चिल्लाया, "जाकर देख न!" उसका असिस्टेंट लगभग दौड़ते हुए उधर लपका।

उधर यशवन्त अपने ग्रीन रूम में मेकअप और कॉस्टयूम के साथ तैयार होकर लगातार शराब का पेग बनाए जा रहा था। एक असिस्टेंट पहले से ही वहाँ खड़ा था जब तक दूसरा वाला भी पहुँचता है। वह हिम्मत बटोरकर उससे धीमे से कहता है, "सर, शॉट रेडी है।" नशे में धुत्त यशवन्त ने धीरे से गर्दन उसकी तरफ़ मोड़ी जिससे असिस्टेंट सकपका गया। यशवन्त की आँखों में शराब उतर चुकी थी। फिर वह अपनी गर्दन वापस पहले की अवस्था में ले आता है। एक और घूँट लेने के बाद कुछ सोच कर यशवन्त उठता है। असिस्टेंट लपककर सेट पर सूचित करता है, "सर आ रहे हैं।" उधर 'सर' ग्रीन रूम में मौजूद असिस्टेंट से कहते हैं, "डायलॉग बताओ।" असिस्टेंट हकलाते हुए स्क्रिप्ट से पढ़कर उनका डायलॉग बताने लगा पर यशवन्त बिना सुने ग्रीनरूम से निकलकर सेट की तरफ़ बढ़ गया। यशवन्त ने आदतन डायलॉग सुनाने के लिए कह दिया था। उसे तो आज डायलॉग से कोई मतलब ही नहीं था।

सेट पर पहुँच कर वह सीधे तबस्सुम की तरफ़ चलने लगता है। नशे में धुत्त और सधे हुए कदमों की चाल ने सबको सावधान कर दिया। एक आशंका फैल गई थी अनहोनी की। डायरेक्टर, कैमरामैन, साउंड रिकॉर्डिस्ट सब हड़बड़ा जाते हैं और फ़ौरन लाइट ऑन होती है। डायरेक्टर हड़बड़ी में कैमरा, साउंड, रोलिंग और एक्शन बोलता है। यशवन्त तबस्सुम के सामने खड़े होकर बोलना शुरू करता है, "बहुत चर्बी चढ़ गई है, साली दो कौड़ी की औरत? एक आध सीरियल में ही औकात भूल गई अपनी? मेरे ख़िलाफ़

तू चैनल जाएगी? तुझे पता भी है, तू किससे पंगा ले रही है?"

उधर असिस्टेंट अपनी स्क्रिप्ट में खोज रहा था कि यह डायलॉग कहाँ है। तब तक तड़ाक-तड़ाक-तड़ाक की आवाज़ आती है। तबस्सुम ने यशवन्त को एक ज़ोर का थप्पड़ रसीद किया और ग़ुस्से में अपने ग्रीनरूम में चली गई। यशवन्त गाली-गलौज और चरित्र हनन पर उतर आया। सभी अपने नायक को हैरत से देख रहे थे।

19

नया दृश्य शूट नहीं हो पाया और यशवन्त के अहंकार को इतनी ठेस पहुँची कि उसने सिर्फ़ 'चाँद' ही नहीं शीला के बाकी दूसरे सीरियल भी छोड़ दिया। शीला और तबस्सुम के लिए अच्छा ही हुआ। यही तो वो दोनों चाहतीं थीं। उन्होंने अपने सभी सीरियलों में दर्शकों को दूसरे पात्रों के संवाद के माध्यम से यशवन्त के पात्र के बारे में सूचना दे दी कि वह यूएस, दुबई, मलेशिया, ब्राज़ील जैसे देशों में बिज़नेस ट्रिप पर गया हुआ है।

टीवी इंडस्ट्री में बात फैल गई। मीडिया में यशवन्त के दुर्व्यवहार की ख़बरें आ गईं। ज़ाहिर सी बात है उसके गाल पर थप्पड़ की ख़बर भी आई। लोग जगह-जगह उससे भी कुछ न कुछ ऐसे सवाल करते जिससे वह असहज हो जाता था दूसरी तरफ़ शीला और तबस्सुम से भी असहज करने वाले सवाल किए जाते थे। लेकिन बदनामी तो यशवन्त की ही हो रही थी। यशवन्त की पीआर एजेंसी ने उसकी 'इमेज-लौंड्री' का काम अपने हाथ में लिया और एक दिन सुगीता ने प्रेस कॉन्फ्रेन्स करके अपने पति के चरित्र को पाक साफ़ बताया और कहा, "मुझे गर्व है कि मैं यशवन्त कुमार निशंक की पत्नी हूँ। ही इज़ माई मैन।"

शीला और तबस्सुम ने भी टीवी पर लाइव देखा सुगीता को। उस दिन के बाद न तो कभी सुगीता ने शीला और तबस्सुम से बात की न ही शीला और तबस्सुम ने कभी सुगीता से। वो तीनों अपनी दोस्ती बचा रहीं थीं या नाराज़गी ज़ाहिर कर रही थीं, पता नहीं।

20

यशवन्त को प्रतिद्वन्द्वी चैनल में एक सीरियल मिल गया। जो ठीक 'चाँद' के समय पर टेलीकास्ट होता था। 'चाँद' के लिए अब रेटिंग की चुनौती बढ़ गई थी। यशवन्त की पीआर एजेंसी ने अख़बारों और गॉसिप चैनलों पर आम औरतों और लड़कियों के छोटे-छोटे इंटरव्यू की बमबारी कर दी जिसमें वो महिलाएँ यशवन्त की तारीफ़ करते नहीं थकती थीं। कॉलेज की लड़कियाँ "ही इज़ हॉट, ही इज़ हैंडसम" कहते नहीं थकती थीं। एक-दो लड़कियों ने तो कैमरे के सामने "आई लव यू यशवन्त" भी कहा और किसी ने तो उसे शादी के लिए 'प्रपोज़' भी कर दिया। 'चाँद' की रेटिंग को चुनौती ज़रूर मिल रही थी लेकिन अभी भी वह नम्बर वन सीरियल बना हुआ था।

लगभग एक महीने तक सब कुछ इसी तरह चलते रहने के बाद अचानक चैनल का निज़ाम बदल गया। यदुवंशी जी मलेशिया के किसी चैनल के सीईओ बनकर चले गए और उनकी जगह पर आने वाले व्यक्ति प्रदीप चन्ना ने सबसे पहले 'चाँद' की निर्माता शीला से मीटिंग की। उसका स्पष्ट-सा निर्देश था कि यशवन्त को वापस लेकर आओ। वह शीला की कोई भी बात सुनने को तैयार नहीं था। उसके सामने फ़िल्मी पत्रिकाओं और गॉसिप टीवी में उन लड़कियों के इंटरव्यू थे जो यशवन्त को 'असली मर्द' की तरह देखती थीं।

शीला ने तबस्सुम से बात की। पहले तो तबस्सुम भड़क गई और उसने कहा, "मैं ही छोड़ देती हूँ सीरियल।" फिर तो शीला ने भी कहा, "जब तुम नहीं होगी तो मैं ही क्यों रहूँगी? मैं सीरियल ही बन्द कर देती हूँ।" सीरियल को बन्द करने की बात पर दोनों ठिठक गईं। उन्होंने बड़ी मेहनत से 'चाँद' को गढ़ा था, उसके ज़रिये उन्होंने अपनी भावनाओं और अभिव्यक्तियों को साकार किया था। अपने जीवन का मानचित्र उठाकर उन्होंने 'चाँद' को दे दिया था। उस 'चाँद' का एक झटके में गला नहीं घोंट सकती थीं वो दोनों।

बहुत माथा-पच्ची करने के बाद यह नतीजा निकला कि अपने सीरियल को चलाएँगे लेकिन तबस्सुम के साथ यशवन्त का कोई भी दृश्य नहीं लिखा जाएगा। ये सब कैसे होगा यह सिरदर्द लेखकों के दल का है।

तो अब यशवन्त के साथ फिर से 'चाँद' की शूटिंग शुरू हो गई। तबस्सुम और यशवन्त कभी आमने-सामने नहीं आते थे। शीला भी यशवन्त

को देखना नहीं चाहती थी। इसलिए उसने सेट पर आना ही बन्द कर दिया। इस बीच 'चाँद' का आठ सौ एपीसोड पूरा हो गया और यशवन्त ने घोषणा की कि इसकी पार्टी वह अपने घर पर करेगा। वह ऑफ़िस जाकर शीला से मिला। तबस्सुम से मिला। दोनों के सामने हाथ जोड़कर अपनी ग़लती के लिए माफ़ी माँगी और पार्टी में अपने घर बुलाया। सुगीता से भी उनकी बात करवा दी। ये सब शीला, तबस्सुम और सुगीता के लिए बड़ी असहज करने वाली स्थिति थी लेकिन यशवन्त इसमें बिलकुल सहज था।

सुगीता के प्रेस कॉन्फ्रेन्स के बाद तबस्सुम ने तो क़सम खा ली थी कि वह उसके घर कभी नहीं जाएगी और उससे कभी मिलेगी भी नहीं। तो उस दिन वह दिल्ली की फ़्लाइट बुक करके अलीगढ़ चली गई। तकरीबन पाँच साल के बाद वह अपने घर गई थी। इधर शीला पार्टी में गई, यशवन्त के घर। "अगर सीरियल बन्द नहीं कर सकते तो उसे चलाने के लिए छोटे-मोटे समझौते तो करने ही पड़ेंगे", ऐसा शीला का मानना था। पार्टी में यशवन्त ने बार-बार उससे तबस्सुम के बारे में पूछा। तबस्सुम को कॉल भी किया लेकिन तबस्सुम ने उसकी कॉल रिसीव नहीं की। शीला ने उसे बताया कि वह अपने घर गई है।

बहरहाल यशवन्त ने शीला को अपने हाथ से पिलाया। सुगीता इस बीच अपने कमरे से निकली ही नहीं। वह अपने कमरे में अपने आँसू पोछ रही थी और बाहर शीला की नज़रें निरन्तर उसे ही खोज रही थीं। यशवन्त ने प्रदीप चन्ना और चैनल के दूसरे लोगों को भी बुलाया था। सबने जमकर शराब पी। शीला ने कई बार वाशरूम जाने के बहाने से उठकर सुगीता को खोजने की कोशिश की लेकिन वह नहीं मिली। उसका बेडरूम बन्द था। शीला उसकी बच्ची के लिए कुछ उपहार भी लेकर गई थी जिसे यशवन्त ने 'थैंक यू' बोलकर रख लिया। यशवन्त शीला का पूरा ख़्याल रख रहा था। जब भी उसका ग्लास ख़ाली होता उसमें वह स्कॉच और सोडा लाकर भर देता। एक तो शायद बहुत दिनों के बाद शीला पी रही थी, दूसरे यशवन्त कुछ ज़्यादा ही प्रेम दिखा-दिखाकर पिला रहा था जिसकी वजह से उसे नशा चढ़ गया। हालाँकि इतनी जल्दी उसे नशा नहीं होता था। पूरी पार्टी में वह ख़ुद को अकेला महसूस कर रही थी। इसकी सबसे बड़ी वजह थी तबस्सुम। जब से उनकी दोस्ती हुई थी उसने उसके बिना कभी शराब नहीं पी। शीला

को उसका न होना अखर रहा था। किसी कोने में जाकर उसने तबस्सुम को कॉल करने की कोशिश की लेकिन उसने रिसीव नहीं किया।

थोड़ी देर बाद ही शीला उस जगह असहज महसूस करने लगी। उसे शिद्दत से ताज़ा हवा की ज़रूरत महसूस होने लगी। इसलिए उसने यशवन्त को 'बाय-बाय' कहा और निकलने लगी। लेकिन उसे लड़खड़ाता देखकर यशवन्त ने कहा, "रुको, मैं चलता हूँ छोड़ने।" शीला ने उसे मना किया क्योंकि उसका घर मुश्किल से दो सौ मीटर की दूरी पर ही था। इसीलिए तो वह अपनी गाड़ी लेकर नहीं आई थी। वह पैदल चलने के लिए बढ़ चुकी थी तब तक यशवन्त ने अपनी गाड़ी निकाल ली और शीला को उसमें बैठने के लिए ज़ोर देने लगा। शीला के दिमाग में तबस्सुम के साथ घटी घटना कौंध गई और वह थैंक यू बोलकर आगे बढ़ गई। यशवन्त ने कहा कि ठीक है वह पैदल ही शीला को घर तक छोड़ देगा और वह उसके साथ चलने लगा कि तभी शीला लड़खड़ाई। वह सड़क पर गिर ही जाती अगर यशवन्त ने उसे सँभाल न लिया होता। उसने फिर से शीला को गाड़ी में बैठने का इसरार किया। शीला बहुत नशे में थी इसलिए उसने भी झल्लाकर गाड़ी में बैठना ही उचित समझा।

21

उधर अलीगढ़ में काफ़ी देर बाद, रात के लगभग दो बजे तबस्सुम ने अपना मोबाइल देखा तो उसमें शीला के कई मिस्ड कॉल थे। उसने फ़ौरन उसे कॉल बैक किया लेकिन शीला ने रिसीव नहीं किया। कई बार कॉल किया। हर बार पूरी रिंग हुई और उसने रिसीव नहीं किया। अब इतनी रात को तो किसी को कॉल करके शीला के घर भी नहीं भेज सकती थी। इसलिए वह सुबह कॉल करने की सोचकर बाथरूम में चली गई सिगरेट पीने। घरवालों के सामने सिगरेट पीने में अभी भी उसके अन्दर झिझक थी। सुबह तबस्सुम को सोकर उठने में ही दस बज गए। उसने उठते ही फिर से शीला को कॉल किया लेकिन शीला अभी भी कॉल रिसीव नहीं कर रही थी। उसने सोचा कि इस समय तक तो वह सेट पर चली जाती है। उसने शीला की काम वाली बाई कमला को कॉल किया। उसने बताया, "मैडम सो रही थीं। मैं सारा

काम करके चली आई।" तबस्सुम ने उसे वापस जाने को कहा। कमला के पास हमेशा एक चाभी रहती है।

तकरीबन दस-पन्द्रह मिनट के बाद कमला ने तबस्सुम को मिस्ड कॉल दिया। तबस्सुम ने उसे वापस कॉल किया तो उसने बताया, "मैडम अभी भी सो रही है। मैंने आवाज़ भी दी तो वह टस से मस नहीं हुई।" कॉल कट करके तबस्सुम ने मुम्बई वापस जाने का मन बना लिया।

तीन बजे तक वह मुम्बई पहुँच चुकी थी। उसने एअरपोर्ट से निकलकर एक बार फिर से शीला को कॉल किया लेकिन शीला ने अभी भी कॉल रिसीव नहीं किया तो उसने कमला को कॉल करके शीला के घर बुलाया ताकि वह दरवाज़ा खोल सके।

बीस से तीस मिनट के अन्दर वह शीला के घर में थी। देखा कि वह एकदम बेसुध सो रही है। उसने शीला के सिर पर हाथ फेरते हुए उसे आवाज़ दी। शीला ने सिर्फ़ अपनी आँखें खोलीं फिर बन्द कर लीं। तबस्सुम ने समझा कि हैंग ओवर है तो उसने कमला को नींबू पानी लाने को कहा। तबस्सुम अपने घर-वालों के बारे में शीला को सुनाकर कुछ न कुछ बक-बक करती रही। कुछ पल के बाद शीला ने उठने की कोशिश की। लेकिन पूरे बदन में दर्द से वह उठ नहीं पाई। तबस्सुम ने उसे नींबू पानी पिलाया फिर उसे कमला की मदद से सहारा देकर उठाया और खड़ा करने की कोशिश की तो शीला धम्म से फ़र्श पर गिर पड़ी। तब उन्हें महसूस हुआ कि उसके पैर में फ्रैक्चर है।

शीला ने अपने दिमाग पर बहुत ज़ोर देकर याद करने की कोशिश की लेकिन उसे कुछ याद नहीं आ रहा था कि उसके पैर में फ्रैक्चर कैसे हुआ। वह केवल इतना ही याद कर पा रही थी कि वह यशवन्त के घर से नशे में निकली, बस। तभी तबस्सुम को उसकी गर्दन के पास खरोंच के निशान दिखे। लेकिन शीला को इसके बारे में भी याद नहीं कि खरोंच कैसे आई। उसके पेट में नीचे की तरफ़ दर्द भी हो रहा था।

तबस्सुम ने एम्बुलेंस बुलाया और उसे अस्पताल लेकर गई। डॉक्टर ने शीला के पैर की हड्डी का मुआयना करके बताया कि किसी मोटी भारी सी चीज़ से ज़ोर से मारा जाए तब ही इस तरह से हड्डी टूट सकती है। लड़खड़ा कर गिरने पर दूसरी तरह से चोट लगती है।

पैर में प्लास्टर हो गया। शीला को घर ले आया गया। लेकिन शाम होते-होते उसके पेट के नीचे दर्द बढ़ने लगा। जिसने तबस्सुम को चौकन्ना कर दिया। उसे भी बचपन में ऐसा दर्द हुआ था। ऐसा दर्द तब होता है जब कोई ज़बरदस्ती करता है। यह वैसी ज़बरदस्ती होती है जिसका नाम तक लेना हमारे समाज में गुनाह होता है। माँ, ख़ाला, दादी, नानी, फुआ, चाची सब चुप रहने को ही अपना फ़र्ज़ समझती आई हैं। तबस्सुम ने पड़ोस की डॉक्टर सविता चौधरी को बुलाकर शीला को दिखाया। तबस्सुम का शक सही था। डॉक्टर सविता ने भी वही कहा। लेकिन दिक्कत यह थी कि शीला को कुछ याद नहीं था। पुलिस के पास अगर जाएँ भी तो बताएँ क्या?

22

पार्टी वाली पिछली रात जब शीला नशे में लड़खड़ाते हुए यशवन्त के घर से निकली थी तो यशवन्त ने अपनी गाड़ी से उसे घर छोड़ देने पर ज़ोर दिया था। शीला भी पैदल चलते-चलते लड़खड़ा कर गिर ही पड़ी थी। इसलिए वह झल्लाकर उसकी गाड़ी में बैठ गई। गाड़ी में यशवन्त ने शराब की एक बोतल रखी हुई थी, हमेशा ही रखता था। उसने शीला को एक घूँट लगाने को कहा। जब शीला ने इनकार कर दिया तो उसने ज़ोर देकर दोस्ती के नाम पर बोतल उसके मुँह से लगा दिया। शीला का नशा निरन्तर बढ़ता जा रहा था। उसकी बिल्डिंग में पहुँच कर यशवन्त सहारा देकर उसे लिफ़्ट तक ले गया। फिर लिफ़्ट से उसके फ़्लैट तक ले गया। फ़्लैट में ले जाकर उसने उसे पलँग पर लेटा दिया। शीला ने उसे 'थैंक यू' कहा तो यशवन्त ने उसका हाथ पकड़ कर कहा, "तबस्सुम को 'चाँद' से निकाल दो। मैं एक बहुत अच्छी ऐक्ट्रेस दूँगा उस रोल के लिए।" शीला नशे में उसे एक नज़र देख़ती है और कहती है, "क्यों? वह तेरे साथ सोई नहीं इसलिए?" यशवन्त ने उसे एक थप्पड़ मारा। शीला बिस्तर पर लुढ़क गई लेकिन वह धीमी-धीमी आवाज़ में बुदबुदा रही थी, "कमीना, साला, हरामी।" यशवन्त यह सहन नहीं कर सका और उसके घर में एक डंडा खोज कर पहले तो उसे जी भर कर पीटता रहा। फिर उसने कहा, "तुम जैसी लड़कियों की ज़बानदराज़ी मुझे

पसन्द नहीं है। इसलिए तुम लड़कियों को इसकी सज़ा मिलनी ही चाहिए" और उसने अपनी पैंट उतार दी।

23

शीला को अभी भी इस बात का यक़ीन नहीं हो पा रहा था कि यशवन्त ने उसका बलात्कार किया है। मतलब नीचता की भी अपनी एक मर्यादा होती है, ऐसा वो हैरत में सोच रही थी।

शरीफ़ दिखने वालों की कोई मर्यादा नहीं होती है। तबस्सुम के तो चचेरे भाई ने ही उसका बलात्कार किया था। वह भाई जो फ़तवे के बाद तबस्सुम के ख़िलाफ़ नारे लगा रहा था। वह समाज में आज भी शरीफ़ है। कल वह अलीगढ़ में उससे मिलने भी आया था। तबस्सुम असहज होकर भी लोगों के सामने ख़ुद को सहज दिखा रही थी। उसकी चच्ची कह रहीं थीं कि दोनों की बचपन में बहुत दोस्ती थी, हमेशा साथ में खेलते रहते थे।

तबस्सुम ने शीला से कहा कि हमें यशवन्त पर केस कर देना चाहिए। लेकिन शीला का कहना था, "कौन मानेगा हमारी बात? सब तो यही कहेंगे कि उसकी कामयाबी से हम जल रहे हैं और फिर हमारे घरवाले, कितनी बदनामी होगी उनकी।" यह बात तो सच है। घरवालों की बदनामी तो होगी ही, तभी तो तबस्सुम आज तक कुछ नहीं बोल पाई। शायद इसीलिए वह शीला को बोलने के लिए उकसा रही थी।

तभी शीला के मोबाइल पर किसी की कॉल आई। शीला कॉल रिसीव करने की स्थिति में नहीं थी। तबस्सुम ने कॉल रिसीव करके स्पीकर पर लगा दिया। उधर से एक आदमी कह रहा था, "मैडम आपका जो सेट लगा है, फ़िल्म सिटी में, वह आप हम लोगों को दे दीजिए। आपका तो अब कोई काम हो नहीं रहा है।" तबस्सुम ने उससे इसका मतलब पूछा तो उसने बताया, "चैनल ने 'चाँद' को ऑफ़ एयर करने का फ़ैसला किया है। अगले महीने वह ऑफ़ एयर हो जाएगा तो उस टाइम स्लॉट पर हमारा सीरियल आएगा। इसलिए सोचा कि एक बार अपना सेट लगाने के पहले आपसे पूछ लूँ।"

'चाँद' पर ग्रहण लग चुका था।

बौखलाई तबस्सुम ने कॉल कट करके पहले तो यशवन्त को ख़ूब गालियाँ दीं। फिर उसने उसे कॉल करके गरियाया, "साला, हरामी का पिल्ला, नीच इनसान, साला रेपिस्ट।" अभी वह भले ही यशवन्त को गाली दे रही थी लेकिन उसके दिमाग में उसका चचेरा भाई घूम रहा था। उसका शरीफ़ बलात्कारी भाई। मज़हब के लिए उसके ख़िलाफ़ नारे लगाने वाला भाई। उधर ढीठ यशवन्त अपने मोबाइल को स्पीकर पर लगाकर सुगीता को सुना रहा था कि देखो कितनी संस्कारी है तुम्हारी दोस्त। अपनी पत्नी पर दमन का उसका यह नायाब तरीका था। सुगीता फूट-फूटकर रो रही थी, अपनी सहेलियों के लिए। उधर उसकी सहेलियाँ भी फूट-फूट कर रो रही थीं।

तीन चार दिनों के बाद पता चला कि शीला और तबस्सुम के सभी टीवी धारावाहिक बन्द हो गए हैं। उनकी जगह पर जो भी धारावाहिक आने वाले थे उन सब में यशवन्त केन्द्रीय भूमिका में था।

24

कोई नहीं था शीला और तबस्सुम के साथ। वे दोनों एक-दूसरे को ही सहारा देती रहीं। पड़ोस की डॉक्टर सविता चौधरी ने कई बार उन्हें इस बात के लिए समझाया कि पुलिस को जाकर बताएँ। लेकिन जब-जब उन दोनों के सामने यह बात आती तो वो दोनों एक-दूसरे को देखतीं और काफ़ी देर तक देखती रह जातीं। एक दिन तबस्सुम ने डॉक्टर सविता से पूछा कि अगर आप इस स्थिति में होतीं तो क्या पुलिस के पास जातीं। इस बात का डॉक्टर सविता ने कोई जवाब नहीं दिया, बस उनकी आँखों में देखा और काफ़ी देर तक देखती रहीं।

यहाँ तो अपने माँ-बाप को ही बताने की स्थिति नहीं थी पुलिस को शीला क्या बताती। तबस्सुम भी तो अपने माँ-बाप के सामने मुँह नहीं खोल पाई कभी, पुलिस तो उसकी कल्पनाओं से भी बहुत दूर थी। इसलिए वह भी डॉक्टर सविता की तरह अब चुप हो गई।

शीला इस मानसिक अवस्था में नहीं रही कि आगे कुछ कर पाती इसलिए उसका ऑफ़िस बन्द हो गया। हालाँकि तबस्सुम ने अपने तरीके से प्रोडक्शन हाउस सँभालने की कोशिश की थी लेकिन यह काम उसके बस का नहीं

था। घर के ख़र्च और शीला की मनोचिकित्सा के लिए उसे दूसरे प्रोडक्शन हाउस का काम पकड़ना पड़ा लेकिन वह भी कुछ ख़ास चला नहीं। लोग पीठ पीछे उस पर मुस्कुराते थे, यह वह देख सकती थी।

शीला ने घर से निकलना बन्द कर दिया और अपने कमरे की खिड़कियों को बन्द करके अँधेरे में रहने लगी। डोरबेल और मोबाइल का रिंग बजते ही वह चौंक पड़ती। किसी को देखकर वह घबरा जाती। उसे केवल तबस्सुम के साथ ही सुरक्षा का अहसास होता था। तबस्सुम ने उसके घर की चाभी ले ली थी ताकि ज़रूरत पड़ने पर कभी भी आ-जा सके। ऐसे में एक दिन जब तबस्सुम उसके घर में आई तो उसने शीला को अपनी बालकनी से कूदकर आत्महत्या करने की कोशिश करते हुए देखा। तबस्सुम यह देखकर चीख़ पड़ी। उसकी चीख़ से शीला घबरा गई और उसने ज़ोर से रेलिंग को पकड़ लिया। फिर वह रोने लगी और रोते हुए उसने तबस्सुम को वहाँ से चले जाने को कहा लेकिन तबस्सुम ने उसे अपने सम्बन्ध, अपनी दोस्ती और अपने साझा दु:ख के ज़िक्र में उलझा कर रेलिंग से नीचे उतार लिया। उस दिन बहुत देर तक शीला उससे लिपट कर रोती रही। तबस्सुम ने महसूस किया कि शीला को उसकी तीमारदारी की ज़रूरत है। उस दिन के बाद उसने अपना घर छोड़ दिया और शीला के साथ ही रहने लगी। वह दिन है और आज का दिन है, उन दोनों का साथ कभी नहीं छूटा।

25

सन दो हज़ार उन्नीस। तबस्सुम ने कई दूसरे टीवी धारावाहिक और कई फ़िल्मों में काम करके शीला को सँभाला और अपने बुरे अतीत से उबरने में उसकी मदद की। लगभग पचास साल की उम्र में शीला को डॉक्टर सविता की इक्कीस साल की तेज़-तर्रार बेटी ने अपनी बातों से प्रभावित कर दिया। उस लड़की का कहना था कि सुबूत हो चाहे न हो, अगर सच्चाई मालूम हो तो उसे दुनिया के सामने रखना चाहिए। दुनिया को पता होती है सच्चाई, इसलिए वह सच बोलने वालों की बात समझती है। अदालत को भी बिना सुबूत वाला सच बता देना चाहिए। अब अदालत के विवेक पर है कि वह क्या फ़ैसला लेती है। हमें सज़ा भी हो जाए तब भी हमें सच बोलना चाहिए।

उसने यह भी जोड़ा कि घर-वालों की इज़्ज़त की फ़िक्र तो बिलकुल नहीं करनी चाहिए, यह दमन का एक तरीका है। "अपना सच बोलने से मुमकिन है कि हमारी माँ, नानी, दादी, चाची, फुआ, मौसी, बहन आदि को भी ज़बान मिले", ऐसा उस लड़की का कहना था।

आपको किस समय किस रूप में देवी के दर्शन हो जाएँ पता नहीं होता। वह नौज़वान लड़की शीला को ज्ञान के साथ-साथ हौसला भी दे गई।

अब तो सोशल मीडिया का ज़माना है। कोई भी अपनी बात खुलकर रख सकता है। उसके लिए उसे प्रेस कॉन्फ्रेन्स करने और इंटरव्यू देने की ज़रूरत नहीं है। इसलिए शीला ने लगभग बीस साल के बाद सोशल मीडिया पर अपने उद्गार व्यक्त कर दिए। मीडिया में उसके उद्गार से हलचल मच गई। उसे अब घर-वालों की बदनामी की परवाह नहीं थी। तबस्सुम बहुत ख़ुश थी। दोनों सहेलियाँ एक-दूसरे से लिपटकर बहुत देर तक रोती रहीं। अब उनका मन हल्का हो चुका था। शीला ने अपने कमरे की खिड़की खोली और कबूतर उड़ाए। उसने ही तबस्सुम को कहीं घूमने चलने को कहा। शीला के हौसले से तबस्सुम में भी हौसला जागा। उसने भी सोशल मीडिया पर अपने उद्गार व्यक्त किए और उसके ख़ानदान में हलचल मच गई। उसका चचेरा भाई उसके माँ-बाप यानी अपने चच्चा-चच्ची को धन्धेबाज़ और कोठे वाला कहकर अपनी खीझ निकाल रहा था और इधर यशवन्त ने शीला पर मानहानि का मुक़दमा कर दिया लेकिन शीला को उसकी परवाह नहीं थी। अब सच्चाई ही उन दोनों की ताकत है।

आदर्श नगर, अँधेरी (वेस्ट)

क्या कमी है इस आदमी में? आईने के सामने खड़े होकर मैं अपनी शकल और कद काठी देखते हुए सोच रहा था।

मेरी शकल ही ऐसी है कि लड़कियाँ मुझे देखते ही भैया कहने लगती हैं। ज़्यादातर तो देखती भी नहीं हैं। मैं ही देखता हूँ और उनको अपने सपनों के लिए सँजो लेता हूँ। अब तो मुझे 'भैया' की ऐसी आदत पड़ गई है कि मैं मानकर चलने लगा हूँ कि जिस लड़की से मैं मिल रहा हूँ वह मेरी बहन ही बनेगी। हिन्दुस्तानी आदमी ऊपर से बिहारी, अगर एक बार किसी को बहन मान ले तो वह उस लड़की का रक्षक बन जाता है। उसकी सुरक्षा के लिए वह कुछ कर पाए या न कर पाए लेकिन उसके मस्तिष्क में अपनी छवि सलमान ख़ान जैसी हो जाती है, "मैं एक बार कमिटमेंट कर दूँ तो अपने बाप की भी नहीं सुनता।" कोई उसकी मुँहबोली बहन को छेड़े तो ख़ून खौलता है। सिर्फ़ छेड़े ही नहीं, बल्कि कोई लड़का उसे देख भी ले तो उसकी नज़र अश्लील ही लगती है और अश्लील नज़र पर तथाकथित भाई अपनी आस्तीन चढ़ाने लगता है।

पिंकी बहुत आकर्षक थी। जब वह मुम्बई फ़िल्म और टीवी में बतौर अभिनेत्री संघर्ष करने आई तो पप्पू भी उसके साथ आया। दोनों उत्तर भारत के किसी छोटे से शहर के रहने वाले थे। बचपन से ही दोस्त थे। दोस्ती प्यार में बदली और 'बंटी और बबली' की तर्ज़ पर 'पिंकी और पप्पू' भी अपने सपनों का पीछा करते हुए अन्ततः मुम्बई चले आए। वैसे पप्पू तो पिंकी की

वजह से मुम्बई आया था। अगर पिंकी गाँव में रहकर घर बसा लेती तो पप्पू भी गाँव में रहकर अपने खेत में हल चला लेता। पर पिंकी का एक सपना था; माधुरी दीक्षित बनने का सपना और पप्पू एक लटकन की तरह उसके जीवन से लटका हुआ था। वैसे लटकन का भी अपना महत्त्व है, यह पिंकी जानती थी। उसके रहने से हमेशा उसे सुरक्षा का अहसास होता रहता था और साथ में छोटे-मोटे काम करने के भी वह काम आता था। जैसे अंडा-ब्रेड-दूध अगर चाहिए तो कोई तो चाहिए जो किसी भी वक़्त लेकर आ जाए।

पप्पू को मुम्बई में आते ही किसी निर्देशक के सहायक का काम मिल गया। उसके दोस्त थे, सम्पर्क था और वह 'सेंस-ऑफ़-ह्यूमर' का धनी भी था। हिरोइनों को हँसाने के लिए सेट पर अगर कोई ऐसा आदमी हो तो उसे तरजीह दी जाती है। इसलिए काम मिलने में उसे कभी दिक्कत नहीं हुई। दिक्कत पिंकी को होती थी। कोई उसे हेरोईन बनाने को तैयार नहीं था और उसे वही बनना था। उसके लिए पप्पू बहुत चिन्तित रहा करता था।

उन दोनों से मेरी पहली मुलाकात अपने मित्र पुनीत के घर पर हुई थी। छह-सात लोगों की पार्टी थी। मेरे वहाँ पहुँचने के पहले से ही मेरी चर्चा वहाँ आम थी। पप्पू ने पिंकी को बता रखा था, "एक राइटर हैं शिवा दादा। वह आ रहे हैं। वह फ़िल्मों में कास्टिंग करवा सकते हैं। राइटर लोगों की बात हर कोई सुनता है। अगर वह कह दें कि फ़लाँ किरदार उन्होंने फ़लाँ एक्टर को सोच कर ही लिखा है तो प्रोड्यूसर डायरेक्टर को कास्ट करना ही पड़ता है।"

पिंकी वहाँ खाना बना रही थी। वह खाना बहुत अच्छा बनाती थी ख़ासकर मटन। पप्पू जहाँ भी उसे लेकर जाता था वहाँ पहले से ही कह देता था कि खाना तो पिंकी ही बनाएगी। पहले तो पिंकी इस बात से नाराज़ होती थी कि अपने घर में भी वही खाना बनाए और दूसरों के घर में भी वही खाना बनाए? तो पप्पू ने समझाया, "यह तरीका है प्रोड्यूसर, डायरेक्टर और राइटर को ख़ुश करने का। आख़िर उन्हें क्या चाहिए? अच्छा खाना और तुम खाना बनाना जानती हो।" पिंकी को भी यह बात ठीक लगी। जब उसके पास ऐसा एक हुनर है जिसमें हींग लगे न फिटकरी और रंग चोखा हो तो क्यों न उसका इस्तेमाल अपने करियर के लिए किया जाए।

मैं जब पुनीत के घर पहुँचा उस समय रसोई में पप्पू यही सब पिंकी से बतिया रहा था। मेरे आने की ख़बर से पप्पू रसोई से निकलकर हॉल में आया।

पिंकी ने मुझे दूर रसोई से ही झाँक कर देखा और मैंने पिंकी को। मैंने पलटकर पुनीत को देखा, इस भाव के साथ, कि साले बड़ा कमीना है तू, हमें बताया भी नहीं कि लड़की है तेरे घर में। मेरे मित्र ने मेरा कमीनापन भाँप कर फ़ौरन पप्पू से मिलवाया और इससे पहले कि मेरे मुँह से उस लड़की के लिए कुछ ऐसा—वैसा निकल जाए उसने फ़ौरन से पेशतर यह भी बता दिया कि पिंकी पप्पू की 'गर्ल फ्रेंड' है। उसका मतलब था कि इस तरफ़ किसी भी कोण से कुछ भी सोचना बेकार है। अरे यार मैं कौन सा अपने लिए सोच रहा था। अपनी तो वैसे भी कभी कोई सम्भावना नहीं रहती है इसलिए अब तो सोच पर भी ताला लगा दिया।

पिंकी ने ड्राइंगरूम में आते ही मुझसे कहा, "आपकी शकल बिलकुल मेरे बड़े भाई से मिलती है जो अब इस दुनिया में नहीं है। क्या मैं आपको दादा बुला सकती हूँ।" मेरा कमीना मित्र पुनीत मेरी शकल देखकर मन ही मन हँस रहा था। हँसी दबाने के लिए वह अक्सर अपनी नाक दबा लेता था। उसे बड़ी ख़ुशी मिलती है जब एक और लड़की मुझे भैया बना लेती है। मैंने अपनी झुँझलाहट छिपाते हुए पिंकी को देखा, उसकी आँखें नम थीं। मेरी भी आँखें सहसा नम हो गईं।

बहुत सारी लड़कियों ने मुझे भाई बनाया है, मुझे राखी बाँधी है, लेकिन किसी लड़की के दिवंगत भाई से मेरा चेहरा आज पहली बार मिला था। मेरा तो जी चाहा कि पिंकी बुक्का फाड़ कर रोए और मैं अपनी छोटी बहन को अपने सीने से लग़ लूँ। लेकिन वह रोई नहीं।

फिर क्या था। हमारा एक तार-सा जुड़ गया और मेरे घर पर पिंकी और पप्पू के आने-जाने का सिलसिला शुरू गया। वह आती तो मेरे घर की सफ़ाई भी करती और खाना भी पकाती। गन्दगी पर लम्बा-लम्बा भाषण भी देती रहती। मैं अन्दर ही अन्दर पुलकित होता रहता था। लड़कियों का डाँटना-झिड़कना अच्छा लगता है मुझे। प्यार होता है उसमें। अब पंखे की गन्दगी साफ़ करते हुए एक लड़की अगर डाँट रही है तो एक आदमी उसे प्रेम और स्नेह ही तो समझेगा। उसकी हर डाँट पर पप्पू उसे हँसते हुए टोकता रहता था, "दादा को ऐसे बोलोगी? दादा को वैसे बोलोगी?" दादा इसी में गदगद रहते थे कि इंडस्ट्री के दो जूनियर इतना सम्मान करते हैं। मैं अक्सर यह कहते पाया गया हूँ, "मैंने मुम्बई में पैसे नहीं कमाए हैं, रिश्ते कमाए हैं।"

झाड़ू-बुहारू करते हुए यदाकदा पिंकी का 'क्लीवेज' दिख जाता था और मैं झटककर अपनी गर्दन दूसरी तरफ़ मोड़ लेता था। बहन है न! जब-जब ऐसा होता था तब-तब मैं उसके सामने नज़रें नीची किए हुए ही एकदम चुप हो जाया करता। वह पूछती कि दादा क्या हुआ, गर्दन झुका के क्यों बैठे हो, तो मैं कह देता—"एक कहानी में उलझा हुआ हूँ।" इस पर दोनों चुप हो जाते कि लेखक दादा कहानी सोच रहे हैं, उनको डिस्टर्ब न किया जाए। ऐसे में पिंकी खाना खिलाकर-बर्तन धोकर पप्पू के साथ चुपचाप चली जाती। तब जाकर मैं खुलकर साँस ले पाता था।

मेरे राजनीतिक रुझान से भी वो दोनों जल्दी ही परिचित हो गए और सोशल मीडिया पर सरकार के ख़िलाफ़ मेरी हर पोस्ट को दोनों शेयर करते। मेरा विरोध करने वालों से मेरी तरफ़ से लड़ते भी थे। कुल मिलाकर भाई-बहन का रिश्ता फल-फूल रहा था। मेरा अनुमान है कि इस रिश्ते को लेकर हर कोई स्पष्ट हो चुका था। कोई मेरे सामने उस लड़की का नाम लेकर मज़ाक या अश्लील बातें नहीं कर सकता था। मैं बहुत 'टची' हो चुका था और सबको मालूम है कि मैं जब 'टची' होता हूँ तो सगे से सगा रिश्ता भी तोड़ सकता हूँ। किसी का कर्ज़ा थोड़े न खाया है! आख़िर मैं एक नौकरी छोड़कर बिहार से मुम्बई आया हूँ तो कोई समझौता क्यों करूँ? समझौता ही करना होता तो बिहार में नहीं रहता?

बहरहाल, मैं अक्सर पिंकी को अलग-अलग जगह ऑडिशन के लिए भेजता रहता था। ख़ासकर ऐसे प्रोडक्शन हाउस में जहाँ मेरा कोई जानने वाला हो ताकि उस पर कोई बुरी निगाह न डाले। सबको पहले से ही पता होता था कि पिंकी शिवा की बहन है। कई जगहों पर उसकी कास्टिंग नहीं हुई लेकिन कई जगह पर हो भी गई; कभी हीरो की बहन और कभी हिरोइन की सहेली, लेकिन पिंकी को ये सब भूमिकाएँ पसन्द नहीं आईं। कई टीवी सीरियल में भी कास्टिंग के लिए मैंने भेजा था लेकिन पिंकी को टीवी करना ही नहीं था।

कभी-कभी पप्पू उसकी इस आदत से झुँझला भी जाता था। कई बार उसने मुझसे कहा कि पिंकी को बड़े-बड़े डायरेक्टरों से मिलवा दूँ। पिंकी तो स्वादिष्ट खाना बनाकर दिल जीतना जानती है। चूँकि यह बात उसने कई बार कह दी थी इसलिए मैंने एक दिन उसे कसकर डाँट दिया, "मैं ऐसे

ही किसी भी डायरेक्टर के पास नहीं भेज सकता। बहन है वह मेरी। मैं तो उसी के पास भेजूँगा जिस पर मुझे भरोसा हो कि वह चरित्र का अच्छा है।"

मैं उसकी सीमा जानता था, प्रतिभा की नहीं, सुन्दरता की और मैं बाज़ार के सौन्दर्य प्रतिमानों को भी समझता था। कदम-कदम पर प्रतिस्पर्धा, कदम-कदम पर जोड़-तोड़, वह कहाँ तक ये सब बर्दाश्त कर पाएगी यह सोच कर मैंने उसे समझाया और एक जान-पहचान के प्रोडक्शन हाउस के टीवी सीरियल में कास्टिंग करवा दी। हालाँकि यह कहना ठीक नहीं होगा कि मैंने कास्टिंग करवाई। टीवी में सारे फ़ैसले चैनल के ही चलते हैं। इसके अलावा कलाकार का पेमेंट भी एक बड़ा कारक होता है कास्टिंग का। कम पेमेंट लेने वालों की कास्टिंग की सम्भावना हमेशा प्रबल होती है। तो मैंने उसे सिर्फ़ भेजा था। चलो अच्छा हुआ कुछ तो काम शुरू हुआ उसका। वरना बेचैनी में इधर-उधर बौराती रहती और मुझे भी चिन्ता होती रहती। ऐसा लग रहा था मानो बहन का घर बसा दिया हो।

अब रोज़ रात में पैकअप के बाद उसका फ़ोन आता। वह मुझे दिन भर की शूटिंग की रिपोर्ट करती। कभी प्रोडक्शन वाले की शिकायत, कभी कैमरामैन की शिकायत, कभी डायरेक्टर की शिकायत, कभी वैनेटी वैन या ग्रीन रूम की शिकायत। "पर ठीक है चल रहा है न?" मैंने उसको समझाया, "जब दो महीने के बाद पेमेंट की रोलिंग शुरू हो जाएगी तो सब अच्छा लगने लगेगा।" ऐसा ही हुआ। पन्द्रह बीस दिन की शूटिंग से डेढ़-दो लाख रुपये महीने के मिलने लगे। पहली पेमेंट पर उसने मेरे घर पर ख़ूब मस्ती की। ख़ूब सेल्फ़ी खींची। पर शराब? न! शराब को तो उसने हाथ भी नहीं लगाया। मेरा तो मस्तक गर्व से ऊँचा हो गया। मैं अपनी मित्र मंडली में कहने लगा, "इसको कहते हैं संस्कार। एक अच्छे चरित्र की पहचान ही यही है कि लड़की कितनी भी 'मॉडर्न' हो जाए लेकिन अपना संस्कार नहीं छोड़ती।"

चार-पाँच महीने तक डेढ़-दो लाख पेमेंट उठाने के बाद उसकी चमक भी धुँधली हो गई। उसने इतना पैसा जमाकर लिया कि बिना काम किए भी छह महीने तक आराम से रह सकती थी इसलिए अब पिंकी को शोहरत चाहिए थी। अपने नाम से अपनी पहचान चाहिए थी। टीवी में लोग चरित्र के नाम से कलाकार को पहचानने लगते हैं। उसका नाम मझली-बहू पड़ गया था। शूटिंग के दौरान भी लोग उसे मझली-बहू ही पुकारते थे। किसी

को उसका असली नाम नहीं पता था। टीवी में कुछ ही कलाकारों को यह कामयाबी हासिल होती है कि उसे लोग उसके नाम से जानते हों। तो उसकी झुँझलाहट बढ़ने लगी। जिस दिन उसका 'ऑफ़' होता उस दिन वह मेरे घर आकर झुँझलाती रहती थी।

अब इसको इत्तिफ़ाक़ कहें या पिंकी की किस्मत, हमारा एक दोस्त मयंक, जो फ़िल्म डायरेक्टर था, को एक नई अभिनेत्री की तलाश थी। उसने मुझे फ़ोन करके कहा कि नया चेहरा चाहिए, एकदम वर्जिन। "वर्जिन?" "अरे वर्जिन मतलब बड़े परदे के दर्शकों ने कभी उसे देखा न हो।" "हाँ, हाँ, मुझे समझ में आ गया जैसे वर्जिन लोकेशन, वर्जिन बीच, वर्जिन ऑइल वैसे ही वर्जिन फ़ेस।" हम हिन्दी माध्यम वाले वर्जिन का एक ही मतलब समझते हैं। हमें इन सबसे थोड़ा ऊपर उठना चाहिए, मैंने मन ही मन ख़ुद को झिड़का।

मैंने पिंकी को ऑडिशन के लिए डायरेक्टर मित्र मयंक के पास भेज दिया।

इधर मेरा फ़िल्मों के लिए निर्माता-निर्देशकों को कहानी सुनाने का संघर्ष जारी था। कहीं बात बन-बनकर रुक जाती थी कहीं बनते-बनते बिगड़ जाती थी। टीवी सीरियल की मेरी एक कहानी चैनल से ही चोरी हो गई। लोगों ने समझाया कि बड़े प्रोड्यूसर से झगड़ा करना ठीक नहीं है। इन लोगों का आपस में बहुत तगड़ा 'कनेक्शन' होता है। कोई तुमको काम नहीं देगा। मैं भी पर्याप्त हतोत्साहित हुआ और आईने के सामने खड़े होकर पूछने लगा कि क्या कमी है इस आदमी में? लेकिन जल्दी ही सिर झटककर 'जो चला गया उसे भूल जा' वाली भंगिमा बना ली।

हताशा-निराशा में लगभग एक महीना गुज़र गया होगा। मैंने नई कहानी पर काम शुरू कर दिया था। एक क़मरे का फ़्लैट फिर से कबाड़ में तब्दील हो चुका था।

एक दिन अचानक पिंकी का फ़ोन आया, "दादा, मिलना है।" मैंने हुलसकर और ज़िम्मेदार बड़े भाई की तरह कहा, "हाँ हाँ, कभी भी आकर मिलो, तुम्हारा ही घर है।"

शाम को दोनों घर आए। पप्पू बुझा-बुझा-सा लग रहा था। मैंने अनुमान लगाया कि दोनों में ज़रूर झगड़ा हुआ होगा इसलिए दोनों मुझसे पंचायती करवाने आए हैं। मुझे अपने पर गर्व ही हुआ। मैं पंचायत करने के सम्भावित सुख की कल्पना करने लगा और पल भर को अन्दर ही यह सोच लिया कि

मैं निष्पक्ष रहूँगा और थोड़ा-सा इसको डाँटूँगा, थोड़ा-सा उसको फटकारूँगा, फिर मेल मिलाप करवा दूँगा। लेकिन फिर मैंने सोचा कि मैं पहले से उनको क्यों बताऊँ कि उनके झगड़े के बारे में मैं समझ चुका हूँ। उन्हें ही पहले बोलने देता हूँ, यह सोचकर मैं उनके बोलने का इन्तज़ार करने लगा।

पिंकी ने आने के बाद सबसे पहले कमरे की सफ़ाई की फिर खाना बनाया। खाना खाते समय उसने बताया कि जब से उसने ऑडिशन दिया है तब से मयंक आधी रात के बाद शराब पीकर उसको फ़ोन करने लगा है। इतना बोलकर वह चुप हो गई। इस बात की तो मैंने उम्मीद ही नहीं की थी। मैं तो किसी और बात का इन्तज़ार कर रहा था। मैंने गहरी साँस लेकर पहले परिदृश्य को समझने की कोशिश की फिर हैरत में पूछा, "मयंक?" उसने याद दिलाने के अन्दाज़ में कहा, "वही जिसके पास आपने ऑडिशन के लिए भेजा था।" मैंने झुँझलाकर कहा, "हाँ हाँ, मैं समझ गया, मयंक। पर वह क्यों रात को तुझे फ़ोन करता है?" इस पर पप्पू ने नाराज़ होकर उलटे मुझसे ही सवाल किया, "कोई लड़का क्यों किसी लड़की को आधी रात को फ़ोन करता है? आधी रात को मिलने को क्यों कहता है? क्या दादा आप भी भोले बनते हो !"

मैं तो एकदम सकते में आ गया कि मयंक ने मेरी बहन के साथ ऐसा किया ! मैंने तो पिंकी को उसके पास बड़ा भरोसा करके भेजा था। उसको पहले ही बताया था कि पिंकी मेरी बहन है, बल्कि यह बात तो ज़ोर देकर कहा था। उसने मेरा बिलकुल भी मान नहीं रखा।

पिंकी और पप्पू तो खिला-पिला के बर्तन माँज के चले गए लेकिन मैं रात भर भयानक बेचैनी में इधर-उधर घूमता रहा, "उस मयंक के बच्चे ने ज़रूर उसका 'क्लीवेज' देखा होगा। लेकिन वह भी तो ढँक कर नहीं रखती। अब भाई होकर इतनी बड़ी बहन को मैं कैसे कहूँ कि अपना सीना ढँककर रखो। पता नहीं वह क्या सोचे। उसे ख़ुद समझना चाहिए कि भाई के सामने कैसे रहना है और फिर जब मेरे सामने वह इस तरह रहती है तो न जाने मयंक के सामने कैसे गई हो। और वह टाइट जींस? पूरे जिस्म का आकार-प्रकार दीखता है उसमें। उस कमीने मयंक ने यही सब देखकर....।"

मैंने ग़ुस्से में आधी रात को ही पुनीत को अपने घर बुलाया। उसने राजीव को बुलाया। हम सब एक ही कैम्पस में रहते थे। मयंक अँधेरी में

रहता था। हमसे थोड़ा बेहतर था उसका जीवन स्तर। हम तीनों ने मयंक को ख़ूब गरियाया लेकिन उसे फ़ोन नहीं किया। राजीव ने कहा कि कल उसके घर चलकर साले को गरियाएँगे।

कल हुआ। शाम को पहले सब मेरे कमरे में इकट्ठे हुए। गाली-गलौज कर सकने लायक शराब पी। मैंने नहीं पी। मुझसे हज़म नहीं होती है शराब। नशा जब दिमाग पर चढ़कर बोलने लगा तो पुनीत ने मयंक को फ़ोन किया, "अभी के अभी मिलना है।" दोस्तों के लिए मयंक के पास हमेशा वक़्त होता था। उसने फ़ौरन बुला लिया। 'वह बड़ा आदमी बन गया है' यह सोचकर दोस्तों ने ही उससे मिलना कम कर दिया था। तो हम तीनों वहाँ पहुँचे।

उसने शराब का इन्तज़ाम करके रखा हुआ था और मेरे लिए बीयर मँगवा ली थी। चूल्हे पर मटन भी चढ़ा दिया था। उसे धीमी आँच पर पकाने में मज़ा आता है। उसका एक शेर हम सबकी ज़बान पर रहता था –

"मैं रिश्तों को धीमी आँच पर पकाता हूँ, चाँदनी रात में पकाता हूँ,

वह जो दिखती है ऊपर ही ऊपर राख, नीचे-नीचे मैं उसके ज़िन्दगी पकाता हूँ।"

उसने हम सबको अपनी-अपनी 'जीवन-घुट्टी' सौंप दी और फिर चीयर्स! फिर सिगरेट का धुआँ! फिर मयंक ने शेरो-शायरी शुरू कर दी। उसकी शेरो-शायरी से पुनीत चिढ़ रहा था। उसके अश'आर सुनने तो आए नहीं थे सब। इसलिए एक पेग लेने के बाद ही पुनीत मैदान में कूद गया। बिना किसी भूमिका के सारी बात उगल दी और दो-तीन गालियाँ भी बक दीं।

मयंक समझ गया कि असल में इन सबके पीछे मैं हूँ। ये दोनों केवल मेरे चढ़ाने पर उस पर चढ़ने चले आए हैं। तो मयंक भी बिना किसी भूमिका के सीधे मेरी तरफ़ मुड़ा और बोलने लगा, "साले तुम जो यह भाई बहन का नाटक शुरू कर देते हो न! बन्द कर दो। नहीं तो किसी दिन पिटोगे मेरे हाथ से।" राजीव ने इसका जवाब दिया, "बात को घुमा नहीं। तूने साले इसकी बहन के साथ ऐसा करने की हिम्मत कैसे की? इसकी बहन क्या तेरी बहन नहीं है?" मयंक ने भी चिल्लाकर कहा, "नहीं है मेरी बहन। मैं ये सब ढकोसला नहीं करता। मेरी एक बहन और एक माँ मेरे गाँव में है, बस। इससे ज़्यादा माँ-बहन नहीं चाहिए मुझे।" फिर वह तैश में मुझसे बोलने लगा, "आज की तारीख़ लिख ले, हाथ में शराब लेकर कह रहा हूँ मैं, झूठ नहीं

बोलूँगा, तेरी यह बहन मेरे बिस्तर में होगी और तुझे मैं दिखाऊँगा। बुलाकर दिखाऊँगा।" पुनीत ने मयंक का कॉलर पकड़ कर ज़मीन पर पटक दिया। मैंने बीच-बचाव किया। दोनों को अलग किया। राजीव ने बोतल फोड़ते हुए उठकर कहा, "घिन आती है मुझे तेरे बदन से। जा रहा हूँ मैं। एक सेकेंड भी नहीं रुक सकता मैं यहाँ।" मयंक ने उसको घूसा मारते हुए धक्का देकर गिरा दिया और कहा, "मैंने कुत्तों को खिलाने के लिए मटन नहीं पकाया है। खाकर जाओ वरना तुम्हारे दरवाज़े पर फेंककर आऊँगा सालों।"

हम सब ग़ुस्से में मटन खाकर ख़त्म कर गए। इस दौरान किसी ने किसी से कुछ नहीं कहा।

खाना खाकर और बची हुई शराब ख़त्म करके जब हम लोग जाने लगे तो मयंक ने मुझ पर 'डायलाग' मारा, "आज जान गया मैं कि तेरे लिए दोस्त से ज़्यादा एक लड़की सगी है।"

मयंक से हमने कई महीनों तक बात नहीं की। हमने मतलब पुनीत, राजीव और मैंने। सब अपने-अपने संघर्ष में लगे थे। वैसे बात भी तो तब होती जब कुछ अच्छा बताने को हो। उधर पिंकी भी अपने टीवी सीरियल में व्यस्त थी। उसका स्टोरी ट्रैक अच्छा जा रहा था। पुनीत और राजीव अक्सर क्राइम पेट्रोल और सावधान इंडिया जैसे टीवी शो में एक्टिंग करते रहते थे। जब एक्टिंग का काम नहीं होता तो किसी डायरेक्टर को असिस्ट कर लेते। वहाँ भी काम नहीं होता तो असिस्टेंट क्रिएटिव हेड बन जाते।

मुम्बई में खाना उतना महँगा नहीं होता है जितना हर महीने का किराया। इसलिए हम में से किसी को खाने की चिन्ता कभी नहीं हुई। वैसे भी फ़िल्म इंडस्ट्री खाना खिलाने और शराब पिलाने के मामले में बहुत उदार है। किसी से मिलने शूटिंग लोकेशन पर ही चले जाओ तो कुछ न कुछ खाने को तो मिल ही जाता है। ऐसे ही एक दिन जब बहुत तंगी चल रही थी मेरी, मैं किसी ऐसे दोस्त को ढूँढ़ रहा था जिससे मिलने शूटिंग पर जाया जा सके। एक अभिनेता दोस्त सुलेख अक्सर मिलने को कहा करता था। उसका पौराणिक धारावाहिकों में अच्छा नाम था। हमारे मन में भगवान शिव की जो छवि है बिलकुल वैसा ही दीखता था वह। संयोग से उसकी शूटिंग उस दिन हो रही थी, 'फ़िल्म सिटी' में। तो मैं उससे समय लेकर 'फ़िल्म सिटी' के प्रवेश द्वार पर पहुँच गया।

'फ़िल्म सिटी' में मुझे सुरक्षाकर्मियों ने रोक लिया और जब मैं सुलेख को फ़ोन कर रहा था तो वह कॉल रिसीव नहीं कर रहा था। वह शॉट में था। तभी मयंक ने अपनी गाड़ी में से आवाज़ दी। उसकी शूटिंग भी फ़िल्म सिटी में थी उस दिन। कोई ऐड शूट कर रहा था वह। उसने मुझे गाड़ी में बैठा लिया और इस तरह मैं 'फ़िल्म सिटी' में घुस तो गया लेकिन इतनी बड़ी 'फ़िल्म सिटी' में सुलेख की शूटिंग कहाँ हो रही है मुझे पता ही नहीं था। सोचा था कि जब पहुँचूँगा तो फ़ोन करके पूछ लूँगा। पहले से क्या पूछूँ।

मयंक की गाड़ी में हम दोनों चुपचाप असहज से बैठे रहे। उसने अपने फ़्लोर पर पहुँचते ही ड्राइवर को कहा कि "सर को जहाँ जाना होगा छोड़ देना।" फिर उसने मुझसे कहा कि, "सुलेख से मिलने के बाद वक़्त मिले तो आना इधर। मैं नौ बजे तक रहूँगा।"

मयंक के ड्राइवर ने सुलेख का फ़्लोर खोजकर मुझे वहाँ पहुँचा दिया और जब मैं उसकी गाड़ी से उतरकर जाने लगा तो ड्राइवर ने ज़ोर से "सलाम साब" कहा। कुछ पैसों की उम्मीद में ही इतने ज़ोर की सलामी दाग़ी जाती है। पर मैंने मुस्कराकर उसको केवल "थैंक यू" कहा और आगे बढ़ गया।

मैं सुलेख से मिला। उसके साथ खाना खाया, इधर-उधर की बेकार की बातें कीं और मयंक से मिले बिना ही घर लौट आया। दूसरे दिन मयंक का फ़ोन आया। मैंने कॉल रिसीव करते ही सफ़ाई देते हुए कहा कि, "यार कल एक ज़रूरी मीटिंग में जाना था इसलिए तुम्हारे सेट पर आ नहीं सका।" मयंक ने इस पर ध्यान नहीं दिया और कहा, "मैं एक फ़िल्म डायरेक्ट करने वाला हूँ। बिहार के बैक-ड्रॉप पर है। स्टोरी-स्क्रीनप्ले मैंने ही लिखी है। लेकिन उसमें डायलॉग्स के लिए मैंने प्रोड्यूसर को तेरा नाम दे दिया है।" बहुत बाद में पता चला कि मयंक ने ख़ुद ही डायलॉग्स भी लिख रखे थे। फिर भी उसने मुझे डायलॉग्स लिखने को दिया। वह ज़रूर समझ गया होगा कि मैं सुलेख से मिलने क्यों गया था। किसी ज़माने में हम लोग साथ में ही शूटिंग पर जाते थे और खाना खाते थे।

तो उस दिन प्रोड्यूसर के साथ पेमेंट की बात हो गई। कॉन्ट्रैक्ट भी हो गया। अब स्टोरी और स्क्रीनप्ले नरेट करने के लिए मयंक ने अगले दिन मुझे अपने घर बुलाया।

शाम को पुनीत और राजीव को जब पता चला कि मुझे अगले दिन मयंक के घर जाना है तो दोनों ने दारू पीकर मुझे बहुत गरियाया। पुनीत ने कहा कि, "उसके घर जाने का मतलब थूककर चाटना है।" मैंने बड़ी गम्भीरता से कहा कि, "ग़लती इनसान से ही होती है, लेकिन वक़्त के साथ-साथ वह सुधरता भी है। इसके अलावा मैं 'पर्सनल और प्रोफ़ेशनल रिलेशन' अलग-अलग रखता हूँ।" तो इस पर राजीव ने पुनीत को कहा, "तुझे याद नहीं है कि उस दिन यह साला शिवा, अपने को राइटर बनता है, कैसा चुप-चुप था। हम ही लोग तो उससे लड़ रहे थे। किसके लिए? इसके लिए और इसकी बहन पिंकी के लिए। लेकिन इसने एक शब्द भी कुछ कहा? नहीं। क्यों? क्योंकि इनको इसी दिन के लिए पर्सनल और प्रोफ़ेशनल रिलेशन अलग-अलग रखना था। मक्कार है यह मक्कार।" मैंने उन दोनों को समझाने की कोशिश की, "चार महीने से किराया नहीं दिया था और आज जिन पैसों से हम लोग दारू पी रहे हैं वह उसी के साइनिंग अमाउंट का पैसा है।" राजीव हत्थे से उखड़ गया, "पैसे की धौंस दिखा रहा है? पैसे की धौंस दिखा रहा है? लात मारता हूँ मैं ऐसी दारू को।" इतना कहकर एक झटके में वह कमरे के बाहर चला गया। एक-दो पल चुप रहने के बाद मैंने उठकर पुनीत को कहा कि, "चिकेन का ध्यान रखना, कहीं जल न जाए।" फिर मैं भी कमरे से बाहर चला गया। बिल्डिंग के नीचे जाकर देखा कि एक बेंच पर बैठकर राजीव सिगरेट फूँक रहा है। मैंने उसकी सिगरेट ख़त्म होने का इन्तज़ार किया फिर उसे इतना ही कहा, "चल", और वह चुपचाप साथ में वापस आ गया।

हम तीनों चुपचाप चिकन और चावल खाते रहे।

दूसरे दिन मुझे मयंक के घर जाना था, स्टोरी-स्क्रीनप्ले सुनने। वैसे तो हममें से कोई भी अँधेरी की तरफ़ जाता है तो हम एक-दूसरे को सूचित कर देते हैं ताकि कोई बाइक वाला बंदा उधर जा रहा हो तो उसके साथ निकल जाएँ, ताकि ऑटो रिक्शे का भाड़ा बच जाए। लेकिन उस दिन उन दोनों से पूछकर मैं मूड ख़राब नहीं करना चाहता था। बहुत दिनों के बाद काम मिला है तो उसे ठंडे दिमाग से और अच्छे से करना है। इसलिए मैंने सोचा कि भले ही सौ दो सौ ख़र्च हो जाए ऑटो रिक्शा में लेकिन मैं आज पुनीत या राजीव के साथ नहीं जाऊँगा।

लगभग छह महीने के बाद मैं मयंक के घर में आया था। थोड़ी असहजता थी ही। लेकिन मयंक ने ऐसे बर्ताव किया जैसे वह सब कुछ भूल चुका है। मेरे लिए यह राहत की बात थी। कहानी सुनाने के पहले मयंक ने कहा कि "संवाद लिखते समय इस चीज़ का ध्यान रखना कि हम जब किसी की कहानी सुना रहे होते हैं तो साथ में अपनी भी कहानी कह रहे होते हैं, हालांकि उससे अंजान होते हैं हम"। मैंने उसकी बात समझने की कोशिश की। बहरहाल, चाय-पानी के बाद उसने कहानी सुनानी शुरू की। लगभग आधी कहानी ख़त्म हुई होगी कि अन्दर से नाइट गाउन में पिंकी अलसाई हुई-सी बाहर निकलकर आई। मुझे देखते ही उसके चेहरे का आलस्य तपाक से ग़ायब हो गया और मेरी 'काटो तो ख़ून नहीं' वाली हालत हो गई। मयंक निर्लिप्त-सा अपनी कहानी सुनाए जा रहा था जो मुझे सुनाई देना बन्द हो चुकी थी। पिंकी झटके के साथ पलटकर कमरे में गई और झटके के साथ कपड़े बदल कर बाहर आई। उसने सीधे बाहर जाने के लिए दरवाज़ा खोला तो मयंक ने रोका, "कहाँ जा रही हो? थोड़ी देर के बाद शिवा भी उधर ही जाएगा, तुमको इनऑर्बिट तक छोड़ देगा।" वह इनकार नहीं कर सकी और मैं भी इनकार नहीं कर सका।

मैं सोचने लगा कि बात कहाँ से शुरू होकर कहाँ चलती जा रही है इसका अनुमान लगाना भी मुश्किल हो रहा है। एक बार को मन हुआ कि मयंक से कह दूँ कि भाई अब बस करना, जो बातें कहानियों में दूर की बातें लगती थीं वह अब इतने निकट की न लगने लगे, हम लोग सँभाल नहीं पाएँगे।

मैं और पिंकी ऑटो रिक्शा में चले जा रहे थे। चुपचाप। मुझे तो घुटन हो रही थी। इनऑर्बिट के पास मैंने ऑटो रिक्शा रोकने के लिए कहा। पिंकी ख़ुद ही चुपचाप उतर गई और उतरकर खड़ी हो गई। उसके उतरते ही मैंने ऑटो रिक्शा आगे बढ़ा देने को कह दिया।

मैंने पुनीत और राजीव को इस बारे में कुछ नहीं बताया। लेकिन मेरा दिमाग दर्द से फटा जा रहा था। टीवी पर कार्टून नेटवर्क चलाकर छोड़ दिया लेकिन दिमाग में वही दृश्य बार-बार घूम फिरकर चला आता था। बार-बार यही सब विचार आ रहा था कि वह कब से होगी उसके घर में? पिछली रात से? या आज सुबह से? लेकिन इससे क्या फ़र्क पड़ता है? वह उसके बेडरूम में थी। अलसाई थी मानो उसी वक़्त सोकर उठी हो। मतलब दोनों

रात भर जगे थे, तब ही न वह दोपहर दो बजे तक सो रही थी? क्या किया होगा दोनों ने रात भर? यही सारे विचार आ रहे थे, जा रहे थे। मैं काफ़ी देर तक आईने के सामने खड़ा रहा।

जल्दी ही मैंने अपने को सिर झटककर मानसिक दबाव से मुक्त कर लिया। पिंकी को अपनी लिस्ट से बाहर कर दिया, "अब किसी को अपनी ही परवाह नहीं है तो मैं क्यों करूँ किसी की चिन्ता?" मैंने अपना सारा ध्यान डायलॉग्स लिखने पर लगाया। इस दौरान कई बार मयंक के घर जाना पड़ा। लेकिन फ़िर कभी वहाँ पिंकी नहीं दिखाई दी।

लगभग एक साल में फ़िल्म बन गई। छोटे बजट की फ़िल्म थी तो उसे फ़ेस्टिवल में ज़्यादा दिखाया जाना था। पिंकी ने भी एक अच्छा-सा रोल किया था उसमें। हीरोइन की सहेली का। एक समीक्षक ने उसकी तारीफ़ भी की। फ़िल्म की छोटी-सी स्क्रीनिंग रखी गई। पार्टी रखी गई। फ़िल्म दिखाने के लिए मयंक ने पुनीत और राजीव को भी बुलाया। वहाँ पिंकी हम सबसे मिली। हम सब पिंकी से मिले। पुनीत और राजीव को नहीं पता था कि उस फ़िल्म में पिंकी ने भी अभिनय किया है। इसलिए उन्हें पिंकी को देखकर हैरत ही हुई, शायद झटका भी लगा हो, जैसे मुझे पहले ही लग चुका था। उन दोनों ने मेरी तरफ़ घूरकर देखा और आपस में बात की कि मैंने ही उसकी कास्टिंग करवाई होगी, भाई जो है उसका। मैंने बात की दिशा बदलते हुए उनसे कहा, "आओ एक-एक व्हिस्की लेते हैं, बहुत अच्छे ब्रांड की है।" हमने शराब पी। पिंकी ने उस दिन भी शराब नहीं पी। कैमरामैन ने उसके मुँह से अपना ग्लास लगाने की कोशिश की लेकिन मयंक ने कैमरामैन को इशारे से मना कर दिया। इस पर कैमरामैन मयंक से नाराज़ हो गया तो मयंक उसे किनारे ले जाकर कुछ समझाने लगा। पिंकी हँस-हँसकर सबके साथ सन्तुलन बनाकर चल रही थी और निर्माता के साथ अतिरिक्त हँस रही थी।

पार्टी में मैंने तो थोड़ा बहुत खाया भी लेकिन पुनीत और राजीव ने कुछ नहीं खाया। बस पीते रहे। रात में घर लौटते वक़्त पिंकी ने हम सबसे कहा, "मैं अपनी कार से आप सबको छोड़ दूँगी।" पुनीत ने कुछ भुनुर-भुनुर करने की कोशिश की लेकिन कुछ समझ में नहीं आया।

रास्ते भर हम तीनों तो चुप रहे लेकिन पिंकी लगातार बोलती रही, मयंक सर ऐसे हैं, मयंक सर वैसे हैं, वह सबका बहुत ख़्याल रखते हैं। कैमरामैन

सर भी बहुत अच्छे हैं। प्रोड्यूसर सर भी बहुत अच्छे हैं। मेकअप दादा भी बहुत अच्छे हैं। ड्रेस दादा भी अच्छे हैं। स्पॉट दादा भी अच्छे हैं। सब के सब अच्छे हैं। बस पोस्टर में उसकी तसवीर नहीं थी इस पर वह थोड़ी नाराज़ थी लेकिन ठीक है, उसने कहा, "दूसरी फ़िल्मों में मैं पोस्टर पर भी रहूँगी।"

इनऑर्बिट के पास मैंने कहा, "गाड़ी रोक दो, यहाँ से हम लोग चले जाएँगे।" लेकिन उसने ज़िद की कि हमें घर तक छोड़ेगी। मैंने कहा, "तुम्हें तो दूसरी तरफ़ जाना है न!" लेकिन उसने हमारे रास्ते पर गाड़ी बढ़ा दी। फिर उसने कहा, "दादा आपने मेरी ड्राइविंग की तारीफ़ नहीं की!" तो मैंने उसकी ड्राइविंग की तारीफ़ की। मन में आया कि पप्पू के बारे में पूछूँ कि कहाँ है वह, आज आया नहीं, लेकिन नहीं पूछा।

चारकोप-नाका पहुँचते-पहुँचते पुनीत ने झल्लाकर कहा, "हमें सिगरेट लेना है। यहीं उतर जाते हैं।" मैंने भी हाँ हाँ करते हुए कहा, "हम यहाँ से पैदल टहलते हुए चले जाएँगे। पास में ही तो घर है।" पिंकी ने गाड़ी रोक दी। हम उतर गए और पिंकी ने वहाँ से 'यू-टर्न' ले लिया।

मैं तो उन दोनों से नज़रें चुराने के लिए गर्दन घुमा-घुमाकर उस साइकिल वाले को ढूँढ़ रहा था जो रात में कॉफ़ी और सिगरेट बेचता है। मुझे पता नहीं उस वक़्त पुनीत और राजीव क्या सोच रहे थे। थोड़ी ही देर में एक साइकिल वाला आ गया। हम सबने एक-एक कॉफ़ी पी। अचानक मुझे याद आया कि उन दोनों ने खाना तो खाया नहीं है। मैंने साइकिल वाले से पूछा कि "इडली रखी है क्या?" उसने कहा, "नहीं सेठ, तीन बज रहे हैं। उधर कॉल सेंटर वालों ने एक भी इडली नहीं छोड़ी।" तो हमने दो-दो कॉफ़ी पी और साथ में चार-चार-पाँच-पाँच सिगरेट फूँक डाले। फिर टहलते हुए चार बजे भोर तक हम लोग अपने-अपने घर पहुँचे।

हमारे हालात ऐसे नहीं थे कि हम एक ही बात पर नाक-भौं चढ़ाकर ज़िन्दगी गुज़ार देते। रोज़ कुआँ खोदना होता है पानी पीने के लिए।

पुनीत और राजीव कहीं कुआँ खोदकर यूपी के किसी तिवारी जी को लाए थे। तिवारी जी के पास फ़िल्म का एक 'आइडिया' था। लेकिन बनाने वाले लोग उनके पास नहीं थे। उस फ़िल्म में उनको 'विलेन' का रोल करना था। उन्होंने शायद 'मायापुरी' जैसी किसी पत्रिका में पढ़ा था कि अमरीश पुरी और बोमन ईरानी चालीस के बाद सिनेमा में आए थे। तिवारी जी पचास

के होंगे इसलिए अब तक तो उनको फ़िल्मों में आ ही जाना चाहिए, ऐसा उनका कहना था। वह अभिनेता राजकुमार की तरह चबा-चबाकर बोलते थे। एक फ़ोटोग्राफ़र हमेशा उनके साथ रहता था। चलते-फिरते उठते-बैठते उनकी तसवीरें उतारता रहता था।

मेरे दोनों मित्रों ने तय कर लिया था कि 'पार्टी' को हाथ से जाने नहीं देना है। राजीव ख़ुद ही उनका प्रोडक्शन कंट्रोलर बन गया था। कभी कैमरामैन से उनकी मीटिंग करवाता, कभी डायरेक्टर से मीटिंग करवाता। कभी आर्ट डायरेक्टर से मीटिंग करवाता कभी कॉस्टयूम वाले से। वह असल में अपने सम्पर्क और पहुँच का प्रदर्शन कर रहा था। उसने पुनीत को सम्भावित हीरो के तौर पर उसके सामने रखा।

जो भी तिवारी जी से मीटिंग करने आते थे सब स्क्रिप्ट माँगते थे और स्क्रिप्ट थी नहीं। तो स्क्रिप्ट की मीटिंग के लिए राजीव ने मुझे उस होटल में बुलाया जहाँ तिवारी जी ठहरे हुए थे। मेरे पहुँचने के पहले उसने मेरे बारे में समाँ बाँध रखा था कि मैं बहुत 'महान राइटर' हूँ। पुनीत भी अपने चक्कर में उधर ही जमा हुआ था। वह भी मेरी तारीफ़ कर रहा था। मैं पहुँचा तो तिवारी जी ने पहले मेरा इंटरव्यू लिया। "पटना से हो?" "हाँ, नहीं, एक्चुअली गया से हूँ।" तो उन्होंने अपने बारे में बताना शुरू कर दिया कि गया का फलनवाँ विधायक उनका मौसेरा भाई है, बक्सर का सांसद उनके बहनोई के फुआ का लड़का है, मुख्यमंत्री जी अक्सर उनको फ़ोन करके हालचाल पूछते हैं आदि-आदि उन्होंने मेरे इंटरव्यू के दौरान बताया। मैंने हूँ-हूँ, हाँ-हाँ, नहीं-नहीं, अच्छा-अच्छा कहने के बाद उनसे कहानी पूछी। कहानी उनके दिमाग में है, ऐसा उन्होंने बताया। काग़ज़ पर कुछ नहीं है। उनका कहना था, "काग़ज़ पर क्लर्क लिखता है राइटर नहीं।" उनको केवल सुनकर टाइप करने वाला कोई आदमी चाहिए था। मुझे बुरा न लगे इसके लिए राजीव और पुनीत ने लेखक के महत्त्व पर बड़ी-बड़ी बातें कीं। बहरहाल, तिवारी जी ने कहानी सुनाई। एकदम वाहियात-सी कहानी सुनकर मैंने ख़ूब वाह-वाह किया। कहानी सुनने के दौरान भी मैंने कई बार अपने चेहरे पर आश्चर्य का भाव लाकर जताया कि आपने कैसे लिख दी इतनी महान कहानी। पुनीत और राजीव ने ताली भी बजा दी। तिवारी जी ने फ़ौरन मुझे साइन कर लिया। पेपर पर नहीं। बस कह दिया चुटकी बजाकर सिगरेट

झाड़ते हुए, "तू लिखेगा, मैंने तेरे अन्दर आग देख लिया है, आग।" उन्होंने उसी वक़्त दो लाख कैश निकाल कर दे दिया।

मेरे साथ-साथ पुनीत भी बाहर निकल गया। राजीव को तिवारी जी ने किसी काम से रोक लिया था तो उसने हम दोनों को नीचे चाय की टपरी पर इन्तज़ार करने को कहा। हम चाय की टपरी पर चाय और सिगरेट का सेवन कर रहे थे। ये दो लाख हम तीनों की साझा मेहनत का फल था इसलिए हम रात के खाने में शराब और मटन की योजना बना रहे थे और चूँकि मैं अब हीरो का रोल लिखने वाला था तो पुनीत मुझे समझा रहा था कि हीरो ऐसा होना चाहिए, हीरो वैसा होना चाहिए और वह मेरी हर बात पर सहमत भी हो रहा था।

लगभग बीस मिनट के बाद राजीव आया। अनमना-सा वह इधर-उधर देखकर सिगरेट पीने लगा। मैंने सोचा कि कहीं बात बिगड़ तो नहीं गई? या उस तिवारी ने राजीव को प्रोजेक्ट से निकाल तो नहीं दिया? एक सिगरेट पूरी ख़त्म कर चुकने के बाद उसने कहा, "यार इसे तो लड़की चाहिए। अरे मैं फ़िल्म सेटअप करता हूँ। लड़की थोड़ी न सप्लाई करता हूँ। कह रहा है कि उसको रोल भी दे देंगे। अच्छी हुई तो हीरोइन भी बना देंगे।"

हम तीनों इस संकट का तोड़ सोचते रहे। सिगरेट फूँकते रहे। अगर उसकी माँग नहीं पूरी की गई तो प्रोजेक्ट हाथ से निकल सकता है। उसे तो सैकड़ों लोग मिल जाएँगे 'सेटअप' करने वाले लेकिन हमें ऐसी 'पार्टी' शायद नहीं मिलेगी।

मैं इस संकट का तोड़ निकाल सकता हूँ यह सोचकर मैंने पिंकी को फ़ोन किया, "एक प्रोड्यूसर है। पहली बार फ़िल्म बना रहा है। हाँ-हाँ स्क्रिप्ट मैं ही लिख रहा हूँ। तो इस फ़िल्म के लिए उसको एकदम नया चेहरा चाहिए। नया फ़ेस। तुम प्रोड्यूसर को यह मत बताना कि तुम मयंक वाली फ़िल्म कर चुकी हो। क्योंकि वह एकदम वर्जिन फ़ेस खोज रहा है और वह फ़िल्म तो अभी तक रिलीज़ भी नहीं हुई है। अभी किसी को कुछ पता नहीं है उसके बारे में और टीवी-वीवी के बारे में ज़्यादा बात करने की ज़रूरत नहीं है।"

कॉल कट करके मैंने राजीव को कहा कि "पिंकी मान गई है, तू उसकी मीटिंग तिवारी से फ़िक्स करवा। राजीव ने कहा, "पिंकी के मानने से क्या होता है?" मैंने उसको ठेलते हुए कहा, "तू मीटिंग तो फ़िक्स करवा।" राजीव

वापस होटल गया और तिवारी से पिंकी की मीटिंग फ़िक्स करके नीचे आ गया। लेकिन उसने सशंकित होकर मुझसे पूछा, "अगर तिवारी ने पिंकी की कास्टिंग नहीं की तो?"

"तो मैं दूसरी लड़की ढूँढ़ कर दूँगा लेकिन पार्टी को हाथ से जाने नहीं दूँगा", मैंने कहा। "अभी तो दो ही लाख निकलवाए हैं भाई, इतने में क्या होगा?"

हम तीनों ने एक ऑटो रिक्शा पकड़ा। आगे एक शराब की दुकान से शराब ख़रीदी। उसके आगे मटन ख़रीदा। हम तीनों उसकी वाहियात कहानी पर रात भर हँसते रहे और एक-दूसरे के हाथ पर ताली मारते रहे।

हरसिंगार के फूल

पार्क में अपनी जगह पर बैठकर मैंने पत्तों के दोनों से हरसिंगार का फूल निकालकर बेंच की ख़ाली जगह पर रख दिया और उसे एकटक निहारने लगा। उस पर पानी की बूँदें अभी भी सूखी नहीं थीं। पार्क के केयर-टेकर ने बड़े निर्दोष तरीके से पूछा, "हरसिंगार का फूल तो पूजा के काम आता है, आप यहाँ क्यों लेकर आते हैं?" इतना बोलकर वह चुक्कू-मुक्कू मेरे सामने घास पर बैठ गया, गमले के किसी पौधे की तरह मेरी ओर झुका। मैं उसकी बात का कोई जवाब नहीं देना चाहता था, शब्दों से भी नहीं और भाव से भी नहीं।

मैं अपने एकान्त में अपने दुःख का आनन्द उठाना चाहता था, एक लम्बे एकान्त में, जो सीने के ठीक बीच में होता है, एक मीठी-सी टीस की उपस्थिति के साथ।

जब हमारा प्रेम प्रसंग समाप्त हुआ तो ऐसा कुछ नहीं हुआ था जिसके हवाले से हम एक-दूसरे पर कोई आरोप-प्रत्यारोप लगा पाते। हमारे बीच कोई मनमुटाव या मतभेद नहीं हुआ। शायद उस रिश्ते की इतनी ही उम्र थी और हम अपने रिश्ते को और आगे नहीं बढ़ाना चाहते थे, बस, इससे ज़्यादा हम किसी से कुछ कहना नहीं चाहते थे।

मुझे दोस्तों के उपदेश नहीं चाहिए थे। रिश्तेदारों की सहानुभूति नहीं चाहिए थी। शराब का सहारा भी नहीं चाहिए था और प्रेम कथाओं की त्रासदी भी नहीं सुननी थी। मुझे ऐसा कुछ नहीं चाहिए था जो मेरे विषाद की तल्लीनता भंग करे। मुझे ख़ामोशी चाहिए थी। मैं अपने एकान्त का अकेला रहवासी था

जिसमें एक कंकड़ फेंका जाना भी मेरे लिए असहनीय था।

मैं रोज़ दफ़्तर से लौटकर शाम को पार्क में बैठ जाता। पेड़, पौधे, परिन्दे और जवान लड़के-लड़कियों की किलकारी मेरे एकान्त को दुगुना करती थीं। सूरज का डूबना और तारों का निकलना उस अकेलेपन को और भी गहरे सहला कर जाता था। मैं जितना ज़्यादा वर्तमान में रहता था उतना ज़्यादा अकेला रहता था। मुझे न तो अपना भूत चाहिए था न भविष्य।

पार्क में मैं एक ख़ास बेंच पर ही बैठता था। मैंने कई बार महसूस किया है कि मेरे वहाँ पहुँचने पर लोग ख़ुद ही मेरे लिए जगह छोड़ देते थे। मैंने कभी उनका चेहरा नहीं देखा। शायद तब से, जब से मैंने अपना चेहरा नहीं देखा। वो कब से मेरे लिए ऐसा कर रहे थे, नहीं पता। वे कब से मुझे पहचानते थे, नहीं जानता। मैं तो यह भी ठीक-ठीक नहीं जानता कि सचमुच वो मुझे जानते थे या सामान्य शिष्टाचार दिखाते थे। मैंने उस जगह के लिए कभी प्रतिवाद नहीं किया। वह जगह हमेशा से वहाँ थी, पहले किसी और के लिए थी, जो अब मेरे लिए बन गई थी, बस।

कई दिनों से मेरे उस बेंच के दूसरे छोर पर कोई आकर बैठ रहा था और उठकर चला भी जाता था। बेंच के हिलने से मुझे इसका आभास होता था। वह जगह शायद उस व्यक्ति के लिए बन रही थी। मेरी तमाम इन्द्रियाँ सजग हो उठी थीं उन दिनों। एक दिन बेंच के दूसरे छोर पर बैठे व्यक्ति का मोबाइल रिंग हुआ। उसने बात शुरू की तो आभास हुआ कि वह एक महिला है। उसकी बातें मैंने नहीं सुनीं। लेकिन उसकी धीमी, परिपक्व और ठहरी हुई आवाज़ उसकी अधेड़ उम्र का आभास करा रही थी। वह उसी धीमी आवाज़ में हँस रही थी, पुलकित हो रही थी। मोबाइल कट करते ही वह सिसक उठी। यह उसकी लय के बिलकुल विपरीत था। चाहे मैं किसी को कितना भी न पहचानूँ, मैं सिसकने को पहचानता हूँ। उसकी सिसक ने मुझे मजबूर कर दिया उसकी तरफ़ देखने को। वह इस तरह अपनी आँखें पोंछ रही थी जैसे आँखों में कचरा पड़ गया हो। मैं इस बात पर आश्चर्य कर रहा था कि सदियों से आँखों में एक जैसे ही कचरे पड़ते रहते हैं। पार्क के बाहर जूस और सूप वालों के पास पानी की बोतल होती है। मैं उसे लेने चला गया। ऐसे पलों में सबसे ज़्यादा पानी की ज़रूरत होती है। जब पानी की बोतल लेकर लौटा तो वह महिला वहाँ नहीं थी। मैं फिर से अपनी जगह

यन्त्रवत बैठ गया। पानी पीकर उस महिला के प्रति अपनी जिज्ञासाएँ शान्त कीं कि तभी मुझे ख़याल आया कि उसकी शकल पुराने ज़माने की महान अभिनेत्री मीना कुमारी से मिलती है।

दूसरे दिन जब मैं पार्क में जाने लगा तो पानी की एक बोतल लेकर रख लिया। पेड़, पौधे, परिन्दे और जवान लड़के-लड़कियों की किलकारी के बीच मैं सूरज का डूबना और तारों का निकलना देख रहा था और बढ़ते अँधेरे के साथ-साथ मैं एकान्त की अपनी बावड़ी में उतर रहा था, धीरे-धीरे, एक-एक पल, दम घुट जाने के डर से बिलकुल मुक्त। कोई गुज़रा होगा मेरे पास से, मुझे नहीं पता। किसी ने अजीब निगाहों से देखा होगा, मुझे नहीं पता। मैं नीले गाढ़े एकान्त में जाकर अवस्थित हो गया।

बेंच से उठने के पहले पानी की बोतल पर मेरा ध्यान गया। वह वैसे ही रखी थी, स्थिर। आज वह महिला नहीं आई, मैंने उसके बारे में सोचा लेकिन बस इतना ही सोचा, इससे ज़्यादा मैं उसे वक़्त नहीं देना चाहता था और पानी पीकर उठ गया। उठते ही मुझे दिल में उठी हूक की तरह ट्रेन की सीटी सुनाई दी जो बहुत दूर से आ रही थी, मेरे पीछे मुड़ते ही वह बन्द हो गई।

दूसरे दिन जब मुझे बेंच के दूसरे छोर पर किसी के बैठने का आभास हुआ तो मैंने मुड़कर देखा। वही महिला थी, मीना कुमारी जैसी, पर मैंने ठीक से देखा तो वह मीना कुमारी जैसी बिलकुल भी नहीं दिखती थी। फिर क्या चीज़ थी मीना कुमारी जैसी? उसके पाँव या ट्रेन की सीटी? कुछ पल के बाद उसका मोबाइल रिंग हुआ। फिर उसका उसी तरह हँसना, उसी तरह पुलकना। मेरा ध्यान पानी की बोतल की तरफ़ गया। मैंने धीरे से पानी की बोतल उसकी तरफ़ बढ़ा दी।

मैं अपने एकान्त की बावड़ी में एक-एक सीढ़ी धीरे-धीरे उतर ही रहा था कि अचानक मुझे एक सिसकी सुनाई दी, वैसी ही पहले जैसी, जिससे मेरी तन्द्रा टूटी और मैंने देखा कि बेंच के दूसरे छोर पर कोई नहीं है और पानी की बोतल ख़ाली लुढ़की पड़ी है। मुझे आभास हुआ कि मेरी आँखें भीगी हुई थीं। कौन यहाँ सिसक रहा था? मैंने अपनी आँखें इस तरह पोछीं जैसे कचरा चला गया हो। पार्क का केयर-टेकर दूर खड़ा मुझे देख रहा था। उस वक़्त अकेला मैं ही पार्क में था और केयर-टेकर मेरे ही जाने के इन्तज़ार में खड़ा था। दूसरों के लिए वह पार्क बन्द करने के समय पर सीटी मारता और

डंडे फटकारता चलता था लेकिन मेरे लिए वह तब तक इन्तज़ार करता था जब तक मैं ख़ुद ही न उठकर चल दूँ। मैं जब उठा तो उसने अपनी पानी की बोतल मेरी तरफ़ बढ़ा दी, मुझे पानी की ज़रूरत होगी यह सोचकर। मुझे कृतज्ञता में उसके लिए मुस्कुराना ही पड़ा। जबकि वह ऐसे देख रहा था मानो कह रहा हो, "नहीं-नहीं, आपको इसके लिए मुस्कुराने की ज़रूरत नहीं है, हम आपके साथ हैं, आप निश्चिन्त होकर अपने एकान्त में रहिए।"

अगले दिन जब वह महिला आई तो मैंने उसे देखा। मेरे एकान्त से भी ज़्यादा लम्बे, काले और घने थे उसके बाल जो बेंच के नीचे घास को छू रहे थे। आज उसका मोबाइल काफ़ी देर तक रिंग नहीं हुआ। पर उसमें इस बात को लेकर कोई विचलन नहीं थी। वह अपने एकान्त में थी और मैं एकान्त को समझता था इसलिए उसका एकान्त भंग नहीं करना चाहता था कि तभी उसने अपने एकान्त में से मुझे देखा। बिना किसी कोशिश के मेरे चेहरे पर उसके लिए मुस्कान आ गई। उसने उसका मान रखा और वह भी मुस्कुराई। एक हज़ार पन्नों की कोई किताब हवा में खुली और वापस बन्द हो गई।

मुस्कुराकर देखते हुए कई दिन गुज़रने के बाद एक दिन बिना किसी कोशिश के ही मैंने उससे कह दिया कि मेरा घर पास में ही है। दो पल मुझे देखते रहने के बाद वह मेरे साथ चलने के लिए उठ खड़ी हुई। सूरज अभी पूरी तरह डूबा नहीं था। हम दोनों साथ चलने लगे। मुझे आभास हुआ कि जवान लड़के-लड़कियाँ अपनी किलकारी रोककर हमें ही देख रहे थे और ख़ुश हो रहे थे हमारे लिए। पार्क के केयर-टेकर से मेरी नज़रें मिलीं तो उसने आशीर्वाद में दोनों हाथ उठा दिए। वह महिला ठिठकी, उसने केयर टेकर को देखा, केयर टेकर ने उसे देखते हुए देखा फिर उसने जवान लड़के लड़कियों को देखा जो ये सब देख रहे थे। उसने कहा कि कोई दूसरा रास्ता है पार्क में तो उधर से भी चल सकते हैं। पार्क में तो कई रास्ते होते हैं। मैं उसे दूसरे रास्ते से ले गया।

घर पहुँचकर उसने दरवाज़े पर चप्पल उतारी और मैंने देखा उसके ख़ूबसूरत पाँव, आलता के लाल रंग में रँगे, कहीं मैले न हो जाएँ, मैंने उसे चप्पल पहने रहने को कहा। उसने भी इनक़ार नहीं किया। हम दोनों लम्बे समय तक चुप रहे। हम दोनों को बात करने में दिलचस्पी नहीं थी। उसने मेरे घर की एक खिड़की खोली, धूल की पूरी एक परत हवा में लहरा गई।

अचानक मैं अपनी चेतना में वापस लौटा तो महसूस हुआ कि मुझे इस महिला के लिए कुछ करना चाहिए। मैंने दूसरी खिड़की खोल दी, धूल की एक पूरी परत वहाँ से भी उठी और हवा में लहराई। वह मुस्कुराई, मैं भी मुस्कुराया। बाहर खिड़की के जाले में कबूतर फड़फड़ाए। दो पल सोचने के बाद मैंने फ़ैसला किया कि मैं इस महिला के लिए अपनी पसन्द की चाय बनाऊँगा।

बहुत दिनों से टी-पॉट, टी-कोज़ी, चीनी मिट्टी के कप, तश्तरी और लकड़ी के ट्रे का इस्तेमाल नहीं हुआ था। उन सबको निकाला और साफ़ करके टी-पॉट में चाय दम करने के लिए रख दी।

मैं ट्रे में चाय का पूरा तामझाम सँभाले उसके सामने पहुँचा और सेंटर टेबल पर ट्रे रख दिया। चाय के दम होने में अभी वक़्त था इसलिए मैंने अपनी खिड़कियों पर रखे गमलों में पानी देना शुरू कर दिया। काफ़ी दिनों से पानी नहीं दिया था। पौधे सूख रहे थे और कुछ सूख भी चुके थे।

लगभग दस मिनट के बाद मैंने चाय निकाली और उसके सामने पेश किया। उसने मुस्कुराकर मेरी तरफ़ देखा फिर चाय लेकर उसे भी एक पल देखती रही। न शक्कर न दूध, सिर्फ़ चाय। उसने बड़े सन्देह के साथ चाय को सूँघा। फिर मुँह पर लटकते अपने बाल पीछे किए और पहली घूँट ली और उसका चेहरा एकदम पुलकित हो गया। उसने एकदम हँसते हुए कहा, "बहुत अच्छी चाय है" और कहते-कहते उसका गला रुँध गया। वह दीवारों पर इधर-उधर देखने लगी। मानो अपने एकान्त से संघर्ष कर रही हो। इस दुनिया का सबसे बड़ा दुर्भाग्य यह था कि उसकी आँखों में दुनिया से कोई शिकायत नहीं थी। उसने फिर से मुस्कुराकर मुझे देखा और कुछ पल के बाद कहा, "आपको कभी किसी ने कहा है कि आप गुरुदत्त जैसे लगते हैं?" मैं उठकर आईने के सामने खड़ा हो गया, महीनों बाद ख़ुद को देख रहा था, "नहीं, मैं गुरुदत्त जैसा तो बिलकुल नहीं दिखता।" उसने कहा, "मैंने यह नहीं कहा कि आप गुरुदत्त जैसे दिखते हैं, मैंने कहा, लगते हैं।" "अच्छा, हाँ, पता नहीं।" हाँ, वह भी मीना कुमारी जैसी दिखती नहीं थी, लगती थी।

अब हम रोज़ पहले पार्क में मिलते। थोड़ी देर वहाँ बैठकर सूरज का डूबना देखते फिर घर चले आते। घर में चाय पीते और चुपचाप दो-तीन घंटा गुज़ार देते। एक दिन मैंने उसके जाते वक़्त अपनी बाइक से उसे घर, या कहीं भी, जहाँ वह चाहे, छोड़ देने को कहा तो उसने इसके लिए शुक्रिया

कहा और बताया कि वह अपनी गाड़ी लेकर आई है। फिर वह घर से निकल कर जाती रहती और मैं चलते-चलते यूँ ही किसी के मिल जाने को देखता रहता। वह जब फाटक से बाहर निकल रही होती तो मैं अपनी बालकनी से देखता रहता, उसके ख़ूबसूरत पाँव, एकदम लाल।

एक दिन वह पत्ते के दोने में हरसिंगार के फूल लेकर आई। उसने ख़ुद ही मेरे फ़्लावर-वास को धोया, जिसमें रंग बिरंगे पत्थर रखे होते थे, और उसमें पानी डालकर हरसिंगार के फूल रख दिए। हरसिंगार के फूल पानी की सतह पर तैरने लगे। उसे ज़रूर हरसिंगार के फूल पसन्द होंगे जिन्हें मेरे घर तक लाने के लिए मशक्कत हुई होगी। वरना फूलों की दुकानों पर अमूमन मैंने हरसिंगार के फूल नहीं देखे हैं। उनकी ख़ुशबुओं ने मुझे अपनी बावड़ी से बाहर निकलने पर मजबूर कर दिया। बाहर निकल कर मैंने देखा कि उसने अपने पर्स से लाल कपड़े में लिपटा एक मंगलसूत्र निकाला। मुझे याद आया कि इसके पहले उसे कभी मंगलसूत्र में नहीं देखा था। उसने मेरी तरफ़ पीठ करके आईने के सामने जाकर मंगलसूत्र पहनने की कोशिश की। जिसके लिए उसने अपने काले घने लम्बे बाल आगे किए। उसका समूचा त्रिभंगी शरीर मेरे सामने था। वह जब मेरे सामने मुड़ी तो मुझे लगा था कि वह मुझे देखते हुए देखेगी लेकिन उसने नहीं देखा।

अगर शायरों ने उसे देखा होता तो वो इस बात पर ज़रूर झगड़ पड़ते कि उस पर हर तरह का रंग फबता था या हर तरह का रंग उससे ही निकलता था।

उसने चाय पीकर पूछा कि कौन सी चाय है यह। मैंने डिब्बा लाकर दिखाया। उसने डिब्बा खोलकर उसकी ख़ुशबुओं को अपनी साँसों में खींचा और कई पलों तक अपनी छाती में उन्हें रोककर रखा। इसके बाद मैं जब भी उसे चाय पिलाता तो चाय पत्ती का डिब्बा भी उसके सामने रख देता था। जिसे देखकर वह चहक उठती थी।

हरसिंगार के फूल और चाय हमारा रोज़ का नियम बन गया।

एक दिन मेरे घर से जाने के पहले उसने महसूस किया कि उसकी सैंडिल टूट गई है। मैंने फ़ौरन एक कुर्सी खींचकर उसको बैठाया और एक स्टूल खींचकर उसके पाँव रखने को दिया। इतने ख़ूबसूरत पाँव मैं ज़मीन पर नहीं रखने दे सकता था। उस सैंडिल को मैंने अपने स्तर पर ठीक करने की कोशिश की लेकिन नाकाम रहा तो उसे अपनी चप्पल देकर कहा, "आप इसे पहनकर जाइए, मैं आपकी सैंडिल बनवा कर रखूँगा।" न जाने क्यों,

वह मुस्कुराई। पूरे बदन से मुस्कुराई।

दूसरे दिन वह नहीं आई, हालाँकि मैंने उसकी सैंडिल मरम्मत करके सेंटर टेबल पर रख दी थी ताकि उसे देना भूल न जाऊँ। लेकिन मैंने पार्क में जाने और फिर चाय का अपना नियम नहीं तोड़ा। वह दूसरे, तीसरे, चौथे दिन भी नहीं आई। फिर वह कभी नहीं आई। मैं फिर से इन सबसे निर्लिप्त होकर अपने एकान्त की बावड़ी में उतरने लगा। मुझे बावड़ी की सीढ़ियों से नीचे उतरते हुए अब दिक्कत नहीं होती थी।

मैं पहले की तरह ही फिर से रोज़ दफ़्तर से लौटकर शाम को पार्क में बैठ जाता। फिर से पेड़, पौधे, परिन्दे और जवान लड़के-लड़कियों की किलकारी। फिर से सूरज का डूबना और तारों का निकलना। फिर से मेरे साथ न भूत था न भविष्य।

एक दिन पार्क के केयर-टेकर ने पूछा कि आजकल वह मर्सिडीज़ वाली मैडम नहीं आ रही हैं? मैंने उसे कोई जवाब नहीं दिया। लेकिन एक पल रुका। फिर उसके हाथ से पानी की बोतल लेकर पानी पिया और घर चला आया। मैं हरसिंगार का फूल तो नहीं ला सका लेकिन इन दिनों मेरी आदत हो गई थी चाय पीकर चाय पत्ती सूँघना।

कुछ दिनों के बाद एक अख़बार में शोक सन्देश के साथ उसी महिला की तसवीर छपी थी। प्राजक्ता उसका नाम था। एक दिन के बाद उसकी शोक सभा रखी गई थी, एक बड़े से बैंक्वेट हॉल में, मेरे घर से लगभग पचास किलोमीटर दूर। सन्देश में लिखा था कि हृदय गति के रुक जाने की वजह से उनकी मृत्यु हो गई थी।

उस दिन मैंने दफ़्तर से छुट्टी ले ली। बॉस ने पूछा कि कारण क्या है लेकिन मैं अपने गहरे मौन के साथ छेड़छाड़ सहन नहीं कर पा रहा था। मैंने फ़ोन काट दिया।

मैंने अपने घर की सभी खिड़कियाँ बन्द करके अँधेरा कर लिया और तकिए में मुँह घुसाकर लेट गया।

दूसरे दिन शोक सभा में शहर के बड़े-बड़े लोग आए हुए थे। नेता-अभिनेता सब। प्राजक्ता एक बड़े प्रोड्यूसर की पत्नी थी। उसकी बीस साल की बेटी ने उसकी तरह ही सिसक-सिसककर अपनी संवेदना प्रकट की। उसका चेहरा भी उससे काफ़ी मिलता-जुलता था। उसकी आँखें सूज गईं थीं,

शायद रोते-रोते। उसने बताया कि संगीत में उसकी माँ ही उसकी असली गुरु थी। वह बोल रही थी कि उसने पार्श्व गायिका के रूप में जो भी पुरस्कार जीते हैं अब तक आज वो सब उसने अपनी माँ को समर्पित किया। मंच के बीचो-बीच प्राजक्ता की बड़ी-सी तसवीर लगी थी। उसकी आँखें मुझ पर ही थीं, जिसमें कोई शिकायत नहीं थी। उसे कुछ तो बोलना चाहिए था। साथ मिलकर रोना चाहिए था। मैं नज़रें झुकाए बैठा रहा। एक बड़े सितार वादक ने भी संवेदना प्रकट की। उन्होंने कहा कि प्राजक्ता उनकी प्रिय शिष्या थी। अगर उसने शादी के बाद संगीत नहीं छोड़ा होता तो आज उसका नाम बड़े संगीतकारों में शुमार होता लेकिन उसने परिवार के लिए अपना बलिदान दे दिया। आजकल त्याग का ऐसा उदाहरण दुर्लभ है। वह देवी थी देवी। उसके पति ने रोते-रोते कहा कि आज वह जो कुछ भी है प्राजक्ता की वजह से है। उसने परिवार की तरफ़ से बेफ़िक्र करके अपने पति के करियर में बहुत सहयोग किया था। वह कह रहा था कि उसके बिना वह जीवन में कुछ नहीं कर पाता। बहुत सारे लोगों ने संवेदनाएँ प्रकट कीं। बहुत सारे लोगों ने पुष्प अर्पित किए। मैं अपने एकान्त की बावड़ी में उतरकर उससे मिलने चला गया।

बैंक्वेट हॉल के केयर-टेकर ने मुझे जगाया और कहा, "साब, चलो, बन्द करना है।"

सब लोग जा चुके थे।

घर आकर मैंने सेंटर टेबल पर रखी उसकी सैंडिल देखी। उसने अपने पैर ज़मीन से उठा लिए थे, अब उसे इनकी ज़रूरत नहीं थी। आहिस्ते से साँस लेकर मैंने चाय बनाई। चाय की ख़ुशबू अपनी साँसों में भरकर आहिस्ता-आहिस्ता पार्क में चला गया। वहाँ मैं अपनी जगह बैठ गया। थोड़ी देर बाद बेंच के दूसरी छोर पर किसी के बैठने से बेंच हिली। मैं एकदम से सिहर उठा। जब तक पार्क के केयर-टेकर की आवाज़ मेरे कानों में गई, उसने उस व्यक्ति को उठा दिया—"आप उधर जाकर बैठो, यहाँ एक मैडम बैठी हैं, अभी पानी लेने बाहर गई हैं।" उस दिन के बाद जब भी मैं उस बेंच पर बैठता था तो केयर-टेकर दूसरी छोर पर किसी और को बैठने नहीं देता था। वह प्राजक्ता की जगह थी। तभी, सीने में इक मीठी-सी टीस की तरह कहीं बहुत दूर ट्रेन की सीटी बजने लगी। कहीं मेरी ट्रेन न छूट जाए। मैं उठ खड़ा हुआ।

वीणा के तार

एक थे रामनरेश भैया। थे क्या हैं। हमारी ही तरह दो पैर, दो हाथ, एक नाक, एक मुँह और दो कान। निहायत ही शरीफ़ आदमी। गोरखपुर से हिन्दी साहित्य में एम.ए. करके अट्ठाईस की उम्र में बड़ी हिम्मत दिखाते हुए मुम्बई गए थे। हिम्मत दिखाते हुए इसलिए कि मुम्बई का नाम सुनकर ही उनका मन घबराता था। अंडरवर्ल्ड और बम धमाकों की ख़बरों ने उन्हें डरा रखा था। जी हाँ, यह बीसवीं सदी के अन्त और इक्कीसवीं सदी के शुरुआत की बात है। फिर भी यह सोचकर उन्होंने हिम्मत की कि आख़िर वहाँ भी तो इनसान ही रहते हैं। "इतना डरने से तो असामाजिक तत्वों का हौसला ही बढ़ेगा।" इस पर उनके एक दोस्त ने कहा, "चूतिये, असामाजिक तत्व तो हमारे शहर में सीटियाबाज़ी करते हैं। वहाँ तो अंडरवर्ल्ड है बेटा, अंडरवर्ल्ड। असामाजिक तत्व बोलकर उनका अपमान मत करो।" दूसरे दोस्त ने कहा, "सालों तुम लोग इतना निगेटिव काहे बोलते रहते हो बे? इतना डरने का नहीं है। जीने के लिए बहुत कुछ है वहाँ। यहाँ की तरह व्यक्ति पर समाज का दबाव नहीं है। तो कभी शारीरिक उत्सुकता जागे तो 'कहीं' जाकर मन शान्त कर लेना।" कहते-कहते उस अमुक दोस्त की हँसी फूट गई। उसको हँसते देखकर बाकी दोस्त भी हँस पड़े। लेकिन रामनरेश भैया नहीं हँसे बल्कि वह गम्भीर हो गए। हालाँकि वह लड़कियों के बारे में ऐसी-वैसी बातें सोचकर ही बड़े हुए थे लेकिन लड़कियों के बारे में इस तरह खुलेआम ऐसी-वैसी बातें करना उनको बिलकुल पसन्द नहीं था। वह नाक फुलाकर नाराज़ हो जाते

थे। इसलिए दोस्तों के बीच उनका दूसरा नाम नथुनिया भी था जो उनको बमकाने के काम आता था।

रामनरेश भैया का बचपन गुज़रा था पटना में, पिता जी वहाँ नौकरी करते थे और गर्मियों की छुट्टी में वह दादा जी के पास कुशीनगर में जाकर रहते थे। अब चूँकि दादा जी की नज़र में रामनरेश भैया दुबले-पतले कमज़ोर से दिखते थे इसलिए वह उन्हें सुबह-सुबह व्यायाम करवाते थे। लेकिन व्यायाम के पहले दादा जी उनको लँगोट बाँधना भी सिखाते थे। एक दिन रामनरेश भैया ने अपना लँगोट बहुत कसकर बाँध लिया तो तकलीफ़ हो गई। जब दर्द में कराहे तब दादा जी ने उन्हें गौतम बुद्ध का एक कथन बताया कि "वीणा के तार को इतना न खींचो कि टूट जाए और इतना ढीला भी न छोड़ दो कि बेसुरा हो जाए।" यह मध्यम मार्ग का उपदेश था यह तो वह पढ़ चुके थे लेकिन कई बार उनको लगता था कि अभी भी वह इसका मतलब ठीक से समझ नहीं पाए हैं। कई बार वह वीणा और तार के रूपक में उलझ जाते थे।

बहरहाल, रामनरेश भैया की नैतिकता की लँगोट बहुत कसी हुई थी। उनके जीवन में अगर कोई लड़की आएगी तो उसे पत्नी का दर्जा मिलेगा, ऐसा उनका विचार था और इसी पर उनके दोस्त उन्हें सीधा-सादा आदमी कहते थे। कहना चाहिए कि उनके दोस्त उनको घोड़ा गाड़ी में लगा हुआ वह घोड़ा कहते थे जो नाक की सीध में ही देखता है और जिसकी इधर-उधर देखने की चेतना ही जाग्रत नहीं हुई कभी।

तो रामनरेश भैया को गोरखपुर रेलवे स्टेशन तक छोड़ने के लिए उनके सभी दोस्त आए। लगभग सभी ने कहा कि कभी भी ज़रूरत पड़े तो फ़ोन करके बता देना, पैसा भेजवा देंगे, लेकिन भूखे नहीं मरना। ढेर महाकवि निराला बनने की ज़रूरत नहीं है। तो दूसरे मित्र ने समझाया कि 'मीडियौकर' बनने में बुराई नहीं है। "तुम बाज़ार में जा रहे हो और बाज़ार में 'मीडियौकरी' ही चलती है।" इस बात पर रामनरेश भैया की नैतिकता भड़क गई। कहने लगे,"हम मीडियौकर बनने नहीं जा रहे हैं मुम्बई।" यह कहते ही उनका नथुना फूल गया और गर्म हवा का ऐसा झोंका आया गोया उसी के दबाव से ट्रेन भी चल पड़ी।

मुम्बई पहुँचते ही उनके मुम्बई में रहने वाले दोस्तों ने उनके लिए एक रूम पार्टनर खोज दिया था। रामनरेश भैया को केवल ग्यारह सौ रुपया किराया

देना था। बाकी ब्रोकरेज और डिपॉज़िट रूम पार्टनर ने दे रखा था।

दूसरे दिन रामनरेश भैया सुबह-सुबह नहा धो कर तैयार हो गए, जैसे न जाने कब सुभाष घई का फ़ोन आ जाए कि नरेश तुम पहले क्यों नहीं आए। जब उनका रूम पार्टनर सोकर उठा तो खिड़की पर टँगे लँगोट को देखकर हँसने लगा, "अरे तू लँगोट पहनता है? तू तो ठीक-ठाक आदमी लगता है।" रामनरेश भैया ने नाराज़ होकर नाक फुला ली, लेकिन इसका रूम-पार्टनर पर कोई दबाव नहीं पड़ा। "ठीक-ठाक आदमी लगता है का क्या मतलब है? क्या देहाती लोग ही लँगोट पहनते हैं?" यह बात वह केवल मन में सोचकर रह गए। लेकिन उन्होंने अपनी भंगिमाओं से यह जता दिया कि उन्हें इस तरह का मज़ाक बिलकुल पसन्द नहीं है। उन्होंने तो कभी किसी के अंडरवियर पर टिप्पणी नहीं की तो कोई उनके लँगोट पर टिप्पणी क्यों करे? उनका मानना था कि यह 'पर्सनल चॉइस' है कोई कुछ भी पहने। लेकिन चूँकि पहला दिन था इसलिए बिना कुछ कहे वह खिड़की से बाहर देखने लगे।

जब रामनरेश भैया खिड़की से बाहर झाँकने लगे तो रूम पार्टनर ने फिर से कुछ कहा, "यह मैक्सिको है बेटा। मैक्सिको?" रामनरेश भैया चौंके। चौंके क्या, इतना तो समझ गए कि यह कोई कूट शब्द है, जिसे बिना सन्दर्भ के नहीं समझा जा सकता। इस पर पार्टनर ने मज़े लेते हुए कहा, "यहाँ सुबह-सुबह मैक्सिकन औरतें दिखाई देती हैं।" रामनरेश भैया को अभी भी समझ में नहीं आया। तब कवि ने अपनी पंक्तियों की व्याख्या स्वयं की। उसने बताया, "यहाँ औरतें मैक्सी पहनकर ही सुबह-सुबह बच्चों को बस स्टॉप तक छोड़ने चली जाती हैं, मैक्सी पहने ही अंडा, दूध, ब्रेड, बटर ख़रीदने निकल जाती हैं इसलिए उनको मैक्सिकन बोलते हैं।" "बोलते हैं मतलब? सब लोग बोलते हैं?" रामनरेश भैया ने भोलेपन से पूछा। रूम-पार्टनर उन पर हँस पड़ा, "नहीं बे, पिटवाएगा क्या? केवल मैं और मेरे दोस्त बोलते हैं, किसी को बोल मत देना" फिर हँसते हुए उसने कहा, "यही वक़्त होता है बेटा सेटिंग करने का। तुम भी देख लो।"

औरतों और लड़कियों को देखने का तो मन रामनरेश भैया का भी हुआ करता था लेकिन अपने रूम-पार्टनर की बातें उनको पसन्द नहीं आईं। इसलिए उसकी बातों पर उन्होंने ध्यान नहीं दिया। शाम को रामनरेश भैया तैयार होकर, अच्छे बच्चे की तरह सिर में तेल चुपड़कर, अपने कैम्पस में

टहलने निकले। निकलकर उन्होंने देखा कि यहाँ का माहौल तो सचमुच बड़ा खुला हुआ है, लोग आपस में हँसी-ख़ुशी बातें कर रहे हैं, कोई लड़का किसी लड़की के साथ किसी बेंच पर बैठा भी है तो कोई नज़र उठाकर देख भी नहीं रहा है, जबकि उनकी नज़र बार-बार वहीं जा रही थी। औरतें अकेले में या झुंड में टहल-टहलकर खुलेआम वज़न कम करने का उपक्रम कर रहीं थीं। ये सब देखकर वह झेंप रहे थे और अपने आप को पुराने फ़ैशन वाला महसूस कर रहे थे।

निगाहें उनकी लड़कियों पर थीं यह तो स्वाभाविक भी है पर वह ज़ाहिर नहीं कर रहे थे कि उनकी निगाहें लड़कियों पर हैं। टहलते-टहलते वह एक बेंच पर बैठ गए।

मन में उठती अपनी झेंप की लहर से बचने के लिए वह विचार करने लगे कि "देश का पूँजीवाद पहले लोगों को खिला-पिलाकर मोटा करता है फिर चर्बी घटाने के उपाय भी बताता है", फिर वह सोचने लगे कि यह बात किसने कही थी, जो अभी-अभी उनके मन में आई है, कहीं उन्होंने तो नहीं कह दी? दिमाग पर बहुत ज़ोर डालने पर उनको याद आया कि मनोहर श्याम जोशी ने किसी लेख में यह लिखा था। "कितनी प्रासंगिक बात कही थी उन्होंने, आख़िर कहाँ जा रहा है यह देश?"

रामनरेश भैया की महिला-दर्शन की अभिलाषा पूरी हो ही रही थी कि तभी साइकिल से एक लड़की वहाँ से गुज़री। वह साइकिल से कैम्पस में चक्कर लगा रही थी। दूसरे ही चक्कर में उसकी साइकिल की चेन ठीक उस जगह उतर गई जहाँ रामनरेश भैया बैठे थे। यह कोई इत्तिफ़ाक़ नहीं था, यह बात रामनरेश भैया समझ नहीं पाए। लड़की चेन चढ़ा रही थी लेकिन चेन चढ़ ही नहीं रही थी। साइकिल भी ठीक से खड़ी नहीं हो पा रही थी। झल्लाकर लड़की ने बड़ी बेबाकी से उनकी तरफ़ देखा और कहा, "ज़रा साइकिल पकड़ो। रामनरेश भैया तो एकदम सकपका कर खड़े हो गए और बिना कुछ सोचे उन्होंने साइकिल पकड़ ली।" खड़े होते ही उनको लड़की की चमकती पीठ दिख गई तो अकबकाते हुए उन्होंने अपना मुँह उधर से फेर लिया। लड़की ने झटपट चेन चढ़ाई और थैंक यू बोलकर निकल गई। लड़की आख़िर कब तक अपने से चेन चढ़ाती रहेगी भाई !

दूसरे दिन उन्होंने देखा कि उनका रूम-पार्टनर उसी लड़की की साइकिल

की चेन चढ़ा रहा है। अब जब दूसरा आदमी मदद को आगे बढ़ गया तब रामनरेश भैया को उस लड़की से मन ही मन प्रेम होने लगा। वह मदद न कर पाने के पछतावे में निराश से रहने लगे। निराशा के क्षणों में उस लड़की पर कविताएँ लिखी जाने लगीं। लेकिन उनका रूम-पार्टनर रात को वापस लौटकर उसी लड़की के बारे में ख़ूब अश्लील-अश्लील बातें करता। रामनरेश भैया को महसूस होने लगा कि अपने रूम-पार्टनर की अश्लील बातें सुनते रहना उस लड़की के साथ बेवफ़ाई करना है। लेकिन कर क्या सकते थे? कुढ़ सकते थे, तो कुढ़ते रहे।

उनके रूम-पार्टनर ने बताया कि उसने लड़की को एक टीवी सीरियल में रोल दिलवाने की बात कहकर पटाया है। तो रामनरेश भैया ने पहले की भाँति भोलेपन से पूछा, "तुम रोल दिलवा सकते हो?" तो उसने जवाब दिया, "अबे यहाँ अपने ही रोल का ठिकाना नहीं है, उसको कहाँ से दिलवाऊँगा।" इस पर रामनरेश भैया ने कलपते हुए बुदबुदाकर कहा कि यह तो धोखा है, जो रूम-पार्टनर सुन नहीं पाया।

एक दिन उन्होंने सोचा कि लड़की से कह देंगे, "उस लड़के से दूर रहो, वह तुम्हारे लिए लायक नहीं है।" लेकिन लड़की अब उनके पास रुकती ही नहीं थी। उस लड़की से बात कर पाने में नाकाम आशिक ने चिट्ठी लिखनी शुरू कर दी। वह अँधेरी रात में मोबाइल की टॉर्च जलाकर, अपने रूम-पार्टनर से छिपकर, लिखने लगे। कई जगह वह भावुक भी हुए, आँसू की बूँदें भी काग़ज़ पर गिरीं। रामनरेश भैया ने एक-एक बात विवरण के साथ लिखा। वक़्त और तारीख़ तक दर्ज़ किया ताकि उन आँसुओं की विश्वसनीयता बनी रहे। चिट्ठी लिफ़ाफ़े में रखते हुए वह सोचने लगे कि वह लड़की चिट्ठी पढ़कर दौड़ी आएगी और उनसे गले लगकर कहेगी, "नरेश तुमने मेरी ज़िन्दगी बचा ली। आई लव यू।"

दूसरे दिन रामनरेश भैया हाथ में लिफ़ाफ़ा छिपाए उस लड़की की राह देखते रहे, काफ़ी देर तक इधर-उधर देखने के बाद भी वह नहीं आई। उसके लिए बेचैनी में वह भावुक हो उठे और मन ही मन उससे कहने लगे, "कहाँ हो तुम? कहीं तुम वो सब न कर बैठना कि दुनिया के सामने तुम्हारे माँ-बाप को शर्मिंदा होना पड़े।" तभी उन्होंने एक कोने में उसे बैडमिंटन खेलते हुए देखा। तब जाकर उनकी जान में जान आई।

रामनरेश भैया खेल ख़त्म होने का इन्तज़ार करने लगे लेकिन खेल तो जैसे ख़त्म होने का नाम ही नहीं ले रहा था। तभी उनकी नज़र उसकी साइकिल पर पड़ी, जो उधर ही एक पेड़ से टिकाकर खड़ी थी। उसकी साइकिल में एक सुन्दर-सी बास्केट भी लगी थी, तो रामनरेश भैया ने सोचा कि उसी में रख देते हैं चिट्ठी।

किसी को शक न हो इसलिए वह अनमनेपन का अभिनय करते हुए साइकिल की तरफ़ गए मानो उनको साइकिल-वाइकिल से कोई मतलब ही नहीं है, फिर इधर-उधर देखा, जब देख लिया कि कोई नहीं देख रहा है तो झट से उस बास्केट में अपनी चिट्ठी रख दी और फिर से वापस अनमनेपन का अभिनय करते हुए उससे बहुत अलग जाकर एक बेंच पर बैठ गए गोया प्रकृति की सुन्दरता पर कविता लिखने की प्रेरणा ले रहे हों।

थोड़ी ही देर में उधर से हंगामे की आवाज़ आई। उन्होंने उठकर देखने की कोशिश की। जहाँ साइकिल खड़ी थी वहाँ दस-बारह लोग आग बबूला हो रहे थे। एक लड़के के हाथ में वह चिट्ठी थी। वह कह रहा था कि चिट्ठी हिन्दी में है तो ज़रूर किसी यूपी वाले ने लिखी होगी। लड़की, "मुझे क्या मालूम, मुझे क्या मालूम" कह कहकर झुँझला रही थी। जिस लड़के के हाथ में चिट्ठी थी, उसके व्यवहार से वह उसका भाई लग रहा था। जो उस लड़की को धमकाते हुए कह रहा था, "तू नहीं बताएगी फिर भी मैं खोज लेगा, उसको बहुत मारेगा मैं।" रामनरेश भैया डर के मारे वहाँ से खिसक लिए, अनमनेपन का अभिनय करते हुए गोया समाज में बढ़ती विषमताओं पर चिन्तन कर रहे हों।

इधर उनके रूम-पार्टनर की उस लड़की के सम्बन्ध में अश्लील बातें थमने का नाम ही नहीं ले रहीं थीं। वो सब सुनकर रामनरेश भैया ख़ून के आँसू रोते थे। वह ईश्वर से प्रार्थना करते थे कि कान से बहरे हो जाएँ।

एक दिन रामनरेश भैया का रूम-पार्टनर अपनी ही सोसायटी में पिट गया। लोगों ने जमकर धोया। उस लड़की के भाई जैसा दिखने वाला लड़का सबसे आगे था इसमें। सबके अपने-अपने कारण थे। कोई इसलिए पीट रहा था कि वह यूपी का भैया था, कोई इसलिए पीट रहा था कि वह लड़की उन्हें घास नहीं डालती थी और कुछ लोग इसलिए पीट रहे थे कि उसने प्रेम करने की हिम्मत कैसे कर ली। ये 'कुछ-लोग' इसलिए इतने नैतिकवान हो

गए थे क्योंकि उनको जीवन में कभी प्रेम नहीं मिला। मिल जाता तो वो सारी चेष्टाएँ वो लोग भी करते जो उनका रूम-पार्टनर कर रहा था। बहरहाल, रामनरेश भैया इस बात पर हैरान हो गए कि मुम्बई में भी प्यार करने वाले पिट जाते हैं, बिहार-यूपी हो तो समझ में आता है, वहाँ तो सरकारी और ग़ैर सरकारी 'रोमियो स्क्वाड' भी होते हैं। लेकिन मुम्बई में भी! यहाँ तो बेचारा एक लड़का पिट गया। "अरे काहे का बेचारा, अश्लील है वह", उन्होंने मन ही मन सोचा।

रामनरेश भैया अपने रूम-पार्टनर की पिटाई देखकर बहुत ख़ुश हुए। उनके कलेजे को ठंडक पहुँच रही थी। बल्कि वह अपनी हँसी भी नहीं रोक पा रहे थे। हँसी छिपाने के लिए वह मुँह दाबकर बाथरूम में घुस गए। उस दिन उनको बाथरूम में ग़ालिब का एक शेर समझ में आया—

रोने से और इश्क में बेबाक हो गए
धोये गए हम इतने कि बस पाक हो गए।

वह अपनी कल्पनाओं में रूम पार्टनर से कह रहे थे, "बेटा, अब तुम अच्छे से पाक हो जाओगे।"

तो रामनरेश भैया का रूम पार्टनर लहूलुहान हो गया। सिर फूट गया उस बेचारे का। हाथ की हड्डी टूट गई। वह लोगों से रहम की भीख माँग रहा था। रो रहा था और माँ की क़सम खा रहा था कि आगे से ऐसा कुछ नहीं करेगा।

उधर रामनरेश भैया का सुख अपने उत्कर्ष पर था, "भई, वीणा के तार को इतना ढीला छोड़ोगे तो बेसुरा राग निकलेगा ही।" बुद्ध के कथन का शाब्दिक अर्थ तो वह समझ चुके थे लेकिन उदाहरण के साथ आज पहली बार समझे थे।

लगभग दस मिनट के बाद, आनन्द का अतिरेक जब कम हुआ, हर्ष की भावना जब नियन्त्रित हुई, तो बाथरूम से लटका हुआ मुँह बनाकर वह बाहर निकले और उन्होंने अपने रूम-पार्टनर को बताया कि ख़ून देखकर उन्हें घबराहट हो जाती है और घबराहट में उल्टियाँ भी होने लगती हैं इसलिए बाथरूम में घुस गए थे।

थोड़ी देर के बाद सोसायटी के लोगों ने कमरे में घुसकर फिर से हमला

बोल दिया। इस बार उनके साथ एक लाठीवाला कॉन्स्टेबल भी था, नशे में धुत्त। लड़की का भाई लड़की को भी खींच लाया था और वह कॉन्स्टेबल के सामने उससे स्वीकार करवाना चाह रहा था कि उसके साथ छेड़छाड़ की गई है। लेकिन लड़की सिर्फ़ रो रही थी। कुछ बोल नहीं रही थी इसलिए उसके भाई ने सबके सामने ही उसे तीन-चार थप्पड़ ताबड़तोड़ रसीद कर दिया। रामनरेश भैया एकदम से अवाक रह गए। कलेजा धक् से हो गया। उन्होंने लड़की के भाई को रोकते हुए कहा, "इस बेचारी को क्यों मार रहे हैं?" लड़की का भाई आँखें तरेरकर उनकी तरफ़ पलटा, "तेरे को दरद हो रहा है?" वह रामनरेश भैया की तरफ़ बढ़ा। रामनरेश भैया ने उसके नज़दीक आने के पहले ही कहा, "नहीं, मेरे कहने का मतलब है कि दरोग़ा जी के सामने तो कम से कम क़ानून हाथ में मत लीजिए।" कॉन्स्टेबल को यह बात छू गई और उसने लड़की के भाई को क़ानून का हवाला देकर डाँट दिया। लड़की के भाई ने कॉन्स्टेबल को मराठी में हड़का दिया तो उसने रामनरेश भैया के रूम-पार्टनर की पीठ पर चार-पाँच लाठी जमा दी। फिर उस कॉन्स्टेबल ने भी मराठी में लड़की के भाई को कुछ कहा और उसकी बात सुनकर लोगों ने रामनरेश भैया के रूम-पार्टनर का सामान निकाल-निकालकर बाहर फेंकना शुरू कर दिया। ये सब देखकर रामनरेश भैया ने सोचा कि अब तो वह भी सड़क पर आ जाएँगे और ऐसा ही हुआ। लोगों ने बड़ी बेरहमी से उनको भी दो-तीन लात जमाई और सामान सहित घर के बाहर धकियाने लगे। एक पहलवान जैसा लड़का सरिया लेकर उनको मारने के लिए लपका कि तभी किसी ने चिल्लाकर पूछा, "यह लँगोट किसका है बे?" पहलवान लड़के ने हवा में उठा अपना हाथ रोक लिया। डरे सहमे रामनरेश भैया सकपकाए से बोले, "मेरा है।" एक अधेड़ उम्र का आदमी जो वहाँ एक व्यायामशाला चलाता था, रामनरेश भैया की तरफ़ आया और उनके कंधे पर हाथ रखकर कहने लगा, "तुम तो शरीफ़ आदमी लगते हो। यह किस चूतिये के साथ रह रहे हो? आज तुम लँगोट की वजह से बच गए। लेकिन कब तक? इसका साथ छोड़ दो नहीं तो काटे जाओगे किसी दिन।"

एक यूपी वाले भैया के चक्कर में दूसरा यूपी का भैया भी पिस गया। बहुत बाथरूम में घुस कर हँस रहे थे। अब रहो सड़क पर। इसीलिए बूढ़े बुज़ुर्ग कहते हैं कि किसी पर हँसना नहीं चाहिए वरना रोना पड़ता है।

रात का वक़्त था। दोनों डरे हुए थे। उस वक़्त रामनरेश भैया को समझ में ही नहीं आया कि जाएँ तो जाएँ कहाँ। थोड़ी देर पहले तक जिस पर हँस रहे थे अब उसी के पीछे-पीछे चल रहे हैं। थोड़ी दूर साथ चलने पर रूम-पार्टनर ने हड़का दिया, "तुम अपना देख लो। हम तो जा रहे हैं अपने चाचा के यहाँ वसई", और टूटा हाथ लेकर वह अपने रास्ते पर चला गया।

इस घटना का रामनरेश भैया के दिमाग पर बड़ा गहरा असर हुआ। अब वह अकेले गोरेगाँव ईस्ट में वेस्टर्न एक्सप्रेस हाइवे पर खड़े थे। सामने से गाड़ियाँ साँय साँय करके निकल रही थीं। अगर कोई गाड़ी उनको टक्कर मारकर उड़ा देती तो कोई पूछनहार भी नहीं मिलता। बहरहाल, उनको मलाड वेस्ट में रहने वाले अपने मित्र की याद आई और अगले एक घंटे में वह अपने नए ठिकाने पर थे।

नए ठिकाने पर पहुँचकर उन्होंने 'तीसरी क़सम' के 'हीरामन' की तरह क़सम खाई कि अपनी हाउसिंग सोसायटी, अपने कैम्पस और अपनी बिल्डिंग की सभी औरतें आज से उनकी माँ-बहन हैं। उनको दूर से ही प्रणाम है। रामनरेश भैया के तार तो पहले से ही कसे हुए थे, ऊपर से थोड़े और कस लिए।

जब स्थितियों पर अपना बस नहीं चलता है तो कह देना चाहिए कि जो होता है भले के लिए होता है। रामनरेश भैया भी यही बोलकर अपने दिल को तसल्ली दे रहे थे। वास्तव में आगे चलकर उनके साथ भला हुआ भी। उनका नया रूम-पार्टनर अपने व्यक्तिगत कारणों से परेशान और हताश था। उसने अचानक एक दिन अपना सारा सामान समेटा और रूम का एग्रीमेंट और डिपॉज़िट जो मकान मालिक के पास था, वो सब रामनरेश भैया को सँभालने को कहकर निकल गया। रामनरेश भैया अभी यह सोच ही रहे थे कि कमरे का पूरा किराया अब उनको ही देना पड़ेगा, बजट दुगुना हो जाएगा कि तभी एक टीवी सीरियल में संवाद लिखने का काम उनको मिल गया।

जी, आप कह सकते हैं कि उनके भले के चक्कर में एक लड़का पिट गया और दूसरा शहर छोड़कर वापस गाँव चला गया।

उन दिनों मुम्बई में डांस-बार चालू थे। अब जब रामनरेश भैया के पास पैसे आने लगे तो उनको जिज्ञासा हुई डांस-बार देखने की। फ़िल्मों में देखा था लेकिन साक्षात नहीं देखा था। तो उन्होंने देखा, एकदम साक्षात। उनको मज़ा भी आया। लेकिन वह इस बात का ख़्याल रखते थे कि कोई परिचित

उनको देख न ले। वह छिप-छिपकर जाते और छिप-छिपकर वापस आते।

इस तरह वह अक्सर डांस-बार आने-जाने लगे। समय बीतने लगा तो जहाँ रहते थे उस कैम्पस में उनके दोस्त बनने लगे। जब दोस्त बनने लगे तो महँगी शराब पीने कोई डांस-बार क्यों जाए? केवल बार बालाओं का डांस देखने? वह तो बहुत देख लिए, अब कुछ दिनों तक विराम दे सकते हैं। इस तरह दोस्तों के घर पर ही उनकी महफ़िलें जमने लगीं। शराब पीने को वह अनैतिक नहीं मानते थे। पर यह भी चाहते थे कि किसी को पता न चले कि वह शराब पीते हैं। इसलिए रामनरेश भैया अपने घर पर कभी नहीं पीते थे।

चूँकि उनके घर पर कोई महफ़िल नहीं होती थी और किसी लड़की से उनकी दोस्ती थी नहीं इसलिए सोसायटी में उनकी छवि एक शरीफ़ आदमी की बन गई थी। इस तरह शरीफ़ रामनरेश भैया अपनी साफ़-सुथरी छवि पर रोज़ कलफ़ और इस्त्री करके बाहर निकलते थे।

एक दिन रामनरेश भैया अपनी लिफ़्ट में जा रहे थे कि उनके पड़ोस के कमरे में रहने वाली लड़की भी लिफ़्ट में घुसी। उन्होंने झट से अपनी नज़रें झुका लीं। उन्होंने क़सम जो खा रखी थी कि अपनी बिल्डिंग में रहने वाली औरतों को माँ-बहन ही समझेंगे। उस लड़की के साथ एक आदमी भी था। रामनरेश भैया ने अनुमान लगाया कि वह जरूर उसका पति होगा। वह आदमी रामनरेश भैया को बहुत घूरकर देख रहा था। उसने उनसे कहा, "आपको कहीं देखा है। कोलकाता से कोई कनेक्शन है क्या आपका?" रामनरेश भैया ने सकपका कर जवाब दिया, "नहीं-नहीं, मैं तो यूपी का हूँ।" पर जवाब देते-देते उन्हें उस लड़की की एक झलक दिख गई। अब उन्हें भी उस लड़की का चेहरा कुछ जाना-पहचाना सा लगा। लेकिन कहाँ देखा है, ठीक-ठीक याद नहीं आया। रामनरेश भैया ने नज़रें चुराकर साथ वाले आदमी को देखा, वह अब लिफ़्ट के फ़्लोर के बटन को देख रहा था तो उन्होंने उस लड़की को फिर से देखा और सोचा, "आकर्षक है।" हालाँकि उसने इतना बड़ा धूप-चश्मा लगाकर रखा हुआ जिससे उसका आधा चेहरा ढँक गया था। तो रामनरेश भैया उसका चेहरा ठीक से नहीं देख पाए थे।

अब अक्सर वह लड़की उनके सपनों में आने लगी। अब अक्सर वह उस लड़की की झलक पाने की टोह में लगे रहते। अक्सर उनको उसका पति दिख जाता और अक्सर वे अपने आप से नज़रें चुराते फिरते।

रामनरेश भैया के जो तीन दोस्त बने थे ओमी, सल्लू और राका। तीनों की ज़बान नहीं थकती थी लड़कियों के साथ अपने सम्बन्धों के बखान से। सब अपना-अपना स्कोर बताते रहते थे। कोई क्वार्टर सेंचुरी पूरी कर चुका था, कोई हाफ़ सेंचुरी। उनके अवचेतन में सुख से वंचित होने का अहसास घर करता जा रहा था। एक दिन रामनरेश भैया भड़क गए और वहाँ से उठकर चले आए। दोस्तों ने रोकने की भरसक कोशिश की। लेकिन रामनरेश भैया नहीं माने। उस दिन उन्होंने दूसरी क़सम खाई, "ऐसे लड़कों से अब कभी नहीं मिलेंगे जो लड़कियों के बारे में ऐसी-वैसी बातें करते रहते हैं।"

जिस धारावाहिक का संवाद वह लिखते थे उसके निर्माता ने एक छोटे से रोल के लिए उन्हें कोई नई अभिनेत्री सुझाने को कहा तो बरबस उनके मन मस्तिष्क में उस लड़की का ख़्याल आया जिसके चक्कर में पिटे थे। वह उनके मन से निकली नहीं थी, उन्होंने सोचा कि अगर उनका रूम-पार्टनर उसको रोल दिलवाने का कहकर उसके नज़दीक जा सकता है तो वह क्यों नहीं, वह तो प्रेम भी करते हैं। पर इतना सोचकर ही वह डर गए कि कहीं फिर से न पिट जाएँ। लेकिन फिर सोचा कि अब तो वह कमाते हैं, कोई हिंसा पर उतारू होगा तो सीधे लड़की का हाथ माँग लेंगे। "लोग यही चाहते हैं न कि उनकी लड़की के साथ कोई खिलवाड़ न करे। तो हम खिलवाड़ नहीं कर रहे हैं, सीरियस हैं", ये सब सोच-सोचकर वह अपनी हिम्मत बटोरने लगे।

रामनरेश भैया अपने पुराने वाले कैम्पस के आसपास मँडराने लगे। न तो उस लड़की का नाम जानते थे न घर जानते थे। उन्होंने साँस अन्दर खींची और यह सोचा कि जाकर सीधे किसी से पूछ ही लेते हैं। तभी लड़की के भाई ने रामनरेश भैया को देखा, रामनरेश भैया ने उसको देखा। उसे देखते ही उनकी हवा निकल गई। उन्होंने अपने कदम पीछे लेने शुरू किए ही थे कि उस भाई ने ज़ोर से आवाज़ लगाई, "ऐ रुक-रुक, कहाँ भाग रहा है।" रामनरेश भैया कहाँ रुकने वाले थे। हाँफते-हाँफते घर पहुँचे और बहुत देर तक इस बात पर झुँझलाते रहे कि वह एक नम्बर के डरपोक हैं।

एक दिन ख़बर आई कि सरकार ने डांस-बार बन्द कर दिया है। एक मंत्री का बयान था कि उससे अश्लीलता फैलती थी। रामनरेश भैया ने लोगों से कहा कि यह सच है, सरकार ने ठीक किया। "बन्द होने ही चाहिए ऐसे

डांस-बार।" उनके प्रोडक्शन हाउस में कुछ लोगों ने जब अफ़सोस जताया कि अब लड़कियाँ कहाँ मिलेंगी देखने को तो उन्होंने झिड़क दिया उन्हें, "क्या लड़कियाँ उपभोग की वस्तु हैं? पुरुषवादी मानसिकता के हैं आप लोग, उपभोक्तावाद ने आप सबको भ्रष्ट कर दिया है।" इतने भारी-भरकम शब्द सुनकर सब के सब चुप हो गए। एक लड़की, मोनू बिस्वास, जो नई-नई आई थी उस प्रोडक्शन हाउस में और रामनरेश भैया की उस पर नज़र भी थी, वह भी बड़ी प्रभावित हुई। बल्कि अगर कहें कि उन्होंने उसी के लिए इतने भारी-भरकम शब्द कहे थे तो अतिश्योक्ति नहीं होगी। हालाँकि इसमें दो राय नहीं है कि वह अपनी आपत्तियों को लेकर गम्भीर भी थे।

एक दिन लंच-टाइम पर उन्होंने मोनू बिस्वास को इम्प्रेस करने के लिए एक ग़ज़ल सुना दी जो उन्होंने ख़ुद लिखी थी।

आवाज़ बढ़ा दो ख़ामोशी दूर तक छाई है।
सबको पता तो चले कहीं ज़िन्दगी आई है।
सवाल किया तो काट ली जाएगी ज़बान
कहाँ से आज़ादी की कोई बात आई है।
नज़रें चौखट पे लगीं हैं कान आहट पे
क्या जम्हूरियत मेरे मुल्क में भी आई है?
हमारा ही है सब दोष तुम्हारा कुछ नहीं
बस्ती हमारी छोड़ बहार तुम्हारे घर आई है।
तू यहाँ खड़ा इंसाफ़ की पतवार लिए
आँधी वहाँ तेरी बस्ती में अभी-अभी आई है।
डूब जाए नाव पर हौसला रखना नरेश
ज़मीन तेरे लिए भी किनारा ले के आई है।

लड़की इम्प्रेस हो गई। उसने रात को अपने घर बुला लिया, डिनर पर। रामनरेश भैया को यक़ीन ही नहीं हुआ कि इतनी जल्दी बात यहाँ तक पहुँच जाएगी। हालाँकि बात कहीं पहुँची नहीं थी लेकिन उनको लग रहा था कि कहीं पहुँच गई है। वह थोड़े दार्शनिक से हो गए, "जिसकी तलाश में उधर पिट गए थे, वह स्नेह यहाँ जाकर मिला। आपके आसपास ही होता है आपका सुख लेकिन आप भटकते रहते हैं।"

मोनू बिस्वास ने उनको बड़ी महँगी व्हिस्की पिलाई। पहले तो वे झेंप गए, उसके सामने शराब जैसी 'बुरी चीज़' को हाथ कैसे लगाएँ, फिर उन्होंने सोचा कि चलो ठीक है, "अब मोनू से क्या छिपाना, जब उसके साथ ज़िन्दगी गुज़ारनी है तो उसे यह पता भी चलना चाहिए कि मैं शराब पीता हूँ।"

अभी वह एक पेग लेकर अपने अन्दर उसे महसूस ही कर रहे थे कि देखते हैं कि मोनू ने अपने लिए रेड वाइन निकाल ली और यूट्यूब पर जगजीत सिंह की ग़ज़ल लगा दी।

एक तो रामनरेश भैया ने शराब पीती हुई किसी औरत को कभी इतने करीब से नहीं देखा था ऊपर से वह ऐसी औरतों को ऐसी-वैसी औरतें ही समझा करते थे। उन्होंने कल्पना की कि उनकी पत्नी रोज़ शाम को शराब की बोतल खोलकर बैठ जाती है, गोरखपुर में। उन्होंने यह भी कल्पना कर ली कि उनके गाँव में, दादा जी के सामने, मोनू शराब पीकर उत्पात कर रही है और किसी दिन नाली में गिरी पड़ी है। बेचारे रामनरेश भैया ने अपने पिता जी को इसी तरह नाली में गिरे हुए देखा था इसलिए इतना सब कुछ सोच पाए। फिर उन्होंने ख़ुद को सँभाला और सोचा कि भटके हुए को रास्ता दिखाना ही अपना कर्त्तव्य है। मोनू को भी रास्ते पर लाएँगे। "आख़िर पिता जी को घर से निकाल तो नहीं दिया न?"

तो बातों ही बातों में रामनरेश भैया ने मोनू के तार कसने चाहे यानी उसे लेक्चर देना शुरू किया पर वह इस बात का ख़्याल भी रख रहे थे कि मोनू बुरा न मान जाए इसलिए खुलकर कुछ कह भी नहीं पा रहे थे। इस चक्कर में मोनू को उनकी कोई बात समझ में ही नहीं आ रही थी! वह अपनी रेड वाइन पीती रही और ग़ज़ल सुनती रही। तब अन्त में रामनरेश भैया ने उससे पूछा, "तुम्हारे पिता जी का नाम क्या है?"

उस लड़की को हँसी आ गई। वाइन की घूँट उसके मुँह से बाहर निकल गई और वह ज़ोर-ज़ोर से हँसने लगी। रामनरेश भैया भकुआ के उसे देख रहे थे।

जब उसकी हँसी बन्द हुई तो उसने पूछा, "क्यों? तू शादी की बात करेगा उनसे?"

सीधे शादी की बात? उन्हें लगा कि उनकी चोरी पकड़ी गई और इस बात से उनकी गरिमा आहत हो गई। उनके कान लाल हो गए और झेंप में उन्होंने इनकार कर दिया, "नहीं-नहीं हम तो ऐसे ही पूछ रहे थे।" अब

इनकार करके वह मन ही मन पछता भी रहे थे। तो उन्होंने एक 'फ्रेश स्टार्ट' लेने की सोची।

डिनर के बाद बातों ही बातों में और इशारों ही इशारों में उन्होंने मोनू से कह दिया, "जो भी मेरी पत्नी होगी, मैं उसके करियर में पूरा सपोर्ट करूँगा। वह जो भी करना चाहेगी, करने दूँगा। मेरी तरफ़ से उसको पूरी छूट रहेगी। वह फ़िल्म इंडस्ट्री में भी काम कर सकती है।"

लेकिन दाँव उलटा पड़ गया। लड़की बिदक गई। उसने पूछा, "आप कोई ग़ुलाम ख़रीदकर लाने वाले हो क्या कि आप उसे पूरी छूट दोगे? जो वह चाहेगी वह करने दोगे? आप पत्नी के जीवन का फ़ैसला करने वाले होते कौन हो?" रामनरेश भैया अवाक से उसे देखते रहे। इससे ज़्यादा स्त्री समर्थक बातें तो उन्होंने कभी सोची ही नहीं। वह बड़ी गम्भीरता से सोचने लगे कि पति छूट नहीं देगा पत्नी को तो कौन देगा? उन्होंने अपनी माँ से सुना था, "तुम्हारे पिता जी चाहते तो हम भी नौकरी कर सकते थे, हम भी तो उनके जितना पढ़े लिखे हैं।"

एक तरह से मोनू ने सीधे-सीधे मना ही कर दिया। एक दोस्त ने जब समझाया, "चूतिये, लड़की ऐसे नहीं पटाई जाती।" तो इस पर रामनरेश भैया भड़क गए। उन्होंने कहा, "लड़की नहीं पटा रहा था मैं। इतना नीच नहीं हूँ। शादी का विचार था मन में। इसलिए ऐसा कहा।" रामनरेश भैया को कभी समझ में नहीं आया कि उन्होंने मोनू से जो कहा उसमें ग़लत क्या था?

झुँझलाए हुए जब वह रात में घर लौटे तो उनकी बिल्डिंग के बाहर कुछ लोग दो-दो चार-चार के झुंड में खड़े भुनभुना रहे थे। सोसायटी के लोग उस लड़की पर भड़के हुए थे जो कुछ दिन पहले रामनरेश भैया के ऊपर वाले फ़्लोर पर रहने आई थी। लोगों ने बताया कि वह एक महँगे और अच्छे डांस-बार में डांसर थी। "उसका एक फ़्लैट हमारी सोसायटी में था जो किराए पर लगा हुआ था। लेकिन डांस बार बन्द होते ही उस लड़की ने किरायेदार को निकाल दिया और ख़ुद उसमें शिफ़्ट हो गई।" हाय-तौबा तब मची जब उस लड़की को बिल्डिंग के एक आदमी ने पहचान लिया, क्योंकि वह आदमी अक्सर उस डांस बार में जाता था। उनका कहना था कि शरीफ़ों की सोसायटी में ऐसी लड़कियाँ नहीं रहनी चाहिए। लेकिन दिक्कत यह थी कि उसको निकालने का कोई बहाना नहीं था लोगों के पास। वह सोसायटी

में कोई बदमाशी तो कर नहीं रही थी। सोसायटी मेंटेनेंस का पेमेंट वह वक़्त पर करती थी। नगरपालिका का टैक्स बकाया नहीं था। बिजली का बिल हर महीने जाता था। तो 'चिन्तिन-समिति' इस बात पर मंथन कर रही थी कि उसे निकाला कैसे जाए।

रामनरेश भैया भी 'चिन्तन-समिति' की हाँ में हाँ मिलाने लगे। उनका भी मानना था कि एक गन्दी मछली पूरे तालाब को गन्दा कर देती है। हालाँकि उनके मन में उत्सुकता हुई कि एक बार देखें तो उस लड़की को। सुन्दर तो होगी ही। आख़िर डांस-बार में नाचती थी। लेकिन उनकी बदक़िस्मती से वह लड़की कभी दिखी ही नहीं उनको।

तो पूरे शहर में डांस-बार बन्द होने की चर्चा थी। कुछ लोग इस पाबन्दी का विरोध भी कर रहे थे और कुछ समर्थन भी कर रहे थे। पर सबकी ज़बान पर एक ही बात थी—डांस-बार।

उसी दौरान जब एक दिन रामनरेश भैया को फिर से लिफ़्ट में पड़ोस वाली लड़की मिली, अपने पति के साथ, और जब उसने अपना धूप-चश्मा एक पल के लिए हटाया तो अचानक उनको याद आया कि इस लड़की को तो उन्होंने एक डांस-बार में देखा है, टाउन की तरफ़। नाचते हुए। उन्होंने ग़ौर से देखा। पक्का वही थी। उनकी तो पूरी नैतिकता ही ध्वस्त हो गई। अब तक वह इस बात पर राहत की साँस ले रहे थे कि जिस लड़की को लेकर सोसायटी के लोग भुनभुना रहे थे वह उनके ऊपर वाले फ़्लोर पे रहती थी। मतलब कम से कम उनके आसपास तो कोई गन्दी मछली नहीं थी। लेकिन यहाँ तो उनके ठीक बगल वाली लड़की ही बार-डांसर निकली। "पता नहीं बिल्डिंग में किसी को पता है या नहीं। नहीं ही पता होगा तभी तो कोई उसके ख़िलाफ़ कुछ नहीं बोलता। वैसे भी वह पति के साथ रहती है इसलिए किसी को शक भी नहीं हुआ होगा।" ये सब वह सोच रहे थे। लिफ़्ट से नीचे आते-आते उनको न जाने क्यों लगा कि इस लड़की को डांस-बार के अलावा भी कहीं देखा है लेकिन कहाँ यह याद नहीं आ रहा था। उनके दोस्तों की महफ़िलों में तो कोई लड़की होती नहीं थी। फिर?

लेकिन रामनरेश भैया को एक और बात की चिन्ता हुई कि अगर उस लड़की को यह याद आ गया कि उसने रामनरेश भैया को डांस-बार में देखा है तो ग़ज़ब हो जाएगा। फिर उन्होंने अपने को समझाया, "अब तक उसे

कुछ याद नहीं आया तो अब क्यों याद आएगा? रोज़ ढेर सारे कस्टमरों को बार में देखती होगी। किसका-किसका चेहरा वह याद रखेगी?" इसके बावजूद रामनरेश भैया डरे हुए थे कि आदमी की याद्दाश्त का ठिकाना नहीं है। झटके में कुछ भी याद आ सकता है। वैसे भी उसके पति ने एक बार कहा ही था, 'आपको कहीं देखा है'। उसने ज़रूर डांस बार में देखा होगा। इसलिए अब वह इस बात का ख़्याल रखते थे कि उस लड़की से लिफ़्ट में भिड़ंत न हो। वह घर से निकलने के पहले चूहे की तरह इधर-उधर देखकर आहट ले लेते थे।

एक दिन बेचैनी इतनी बढ़ गई कि उन्होंने ख़ुद को समझाने के लिए सोचा, "इस अश्लील समाज से कहाँ तक भागेंगे? कीचड़ में कमल की तरह भी तो रह सकते हैं।" उसी दिन उन्होंने अपनी वीणा के तार ढीले किए और जाकर बाज़ार से पोर्नोग्राफ़िक मूवीज़ की डीवीडी ख़रीदी। लेकिन उनकी नैतिकता ने उनको झकझोर दिया, धिक्कार दिया। रामनरेश भैया को कहीं चैन नहीं था।

उन्हीं दिनों कमल नाम के एक लड़के से उनकी दोस्ती हुई थी। कमल शालीन था। उसकी एक सुसंगत विचारधारा थी। उसकी भाषा में महिलाओं का सम्मान था। गाँव में उसकी मंगेतर थी जिससे वह प्रतिबद्ध था। वह उससे अक्सर फ़ोन पर बात किया करता था। कमल की बातें रामनरेश भैया को बहुत पसन्द आती थीं। कमल का विचार था कि जीवन में जो भी लड़की आएगी वह उसकी पत्नी बनकर ही आएगी। यह विचार तो बिलकुल रामनरेश भैया की तरह ही थे। वह कभी भी किसी लड़की के बारे में अनाप-शनाप नहीं बोलता था।

उन्हीं दिनों एक दिन जब रामनरेश भैया अपने नैतिक ऊहापोह से गुज़र रहे थे तो सोचा कमल के यहाँ चलते हैं, कुछ कविता कहानी की बात करेंगे तो मन बहल जाएगा।

वह कमल के घर गए और दरवाज़ा खटखटाया तो बहुत देर तक इन्तज़ार करना पड़ा। फिर थोड़ा-सा दरवाज़ा खुला और खुलते ही पहले परफ़्यूम की महक बाहर आई। कमरे में अँधेरा था। कमल ने दरवाज़े से केवल अपनी गर्दन बाहर की। उसने उनको देखते ही हड़का कर कहा, "साले फ़ोन करके आया करो। मुँह उठाए सीधे चले आए। अभी फ़ौरन

निकलो यहाँ से। दो घंटे के बाद आना।" उसने धड़ से दरवाज़ा बन्द कर दिया गोया मुँह पर एक घूँसा जड़ दिया हो। रामनरेश भैया इतना समझ गए कि कमरे में कोई लड़की है। उनका तो मन किया कि उसकी मंगेतर को फ़ोन करके बता दें कि,'यह लड़का तुम्हारे लायक नहीं है'। ग़नीमत है उनके पास उसका कोई सम्पर्क सूत्र नहीं था। "यह तो धोखा है", वह बुदबुदाए।

रामनरेश भैया भन्नाते हुए वहाँ से निकले। उनकी कल्पना शक्ति अभी उस स्तर पर नहीं पहुँच पाई थी कि उस कमरे में कोई लड़का भी हो सकता है। कमल का कोई पुरुष साथी। वह कमल को अनैतिक और हिपोक्रेट बोल रहे थे लेकिन बोलते-बोलते उनको उस लड़की का भी ख़्याल आया जो कमरे में थी। उन्होंने उस लड़की को भी धिक्कारना शुरू कर दिया। "न जाने कैसी लड़की है। ऐसी-वैसी लड़की है, जैसी-तैसी लड़की है।"

रामनरेश भैया झल्लाए हुए अपनी बिल्डिंग की तरफ़ बढ़े जा रहे थे और सोच रहे थे कि बहुत हुआ। "हम ही काहे शरीफ़ बन के रहें बे? हमारी भी ज़रूरत है। यहाँ हर कोई साला मज़े लूट रहा है तो हम क्यों पीछे रहें?"

ये सब सोचते-सोचते वह अपनी बिल्डिंग के पास पहुँचे ही थे कि देखते हैं कि सोसायटी के लोग उनकी पड़ोसन बार-डांसर और उसके पति को धक्के मारकर सोसायटी से बाहर निकाल रहे हैं। सामान पहले ही फेंका जा चुका था। लोग इलज़ाम लगा रहे थे कि ये लोग यहाँ धन्धा करते हैं। "इसका पति ग्राहक लेकर आता है घर पे" आदि-आदि। दो-तीन औरतें उस बार-डांसर का झोंटा पकड़ कर इधर से उधर हिला रही थीं, "बुला अपने डॉन को दुबई से, हम लोग भी देखें कि आज वह अपनी हीरोइन को बचाने आता है कि नहीं।" यह सुनकर रामनरेश भैया को याद आया कि उनकी पड़ोसन बार-डांसर नब्बे के दशक में एक-दो फिल्मों में हीरोइन बनकर आ चुकी है और बाद में उसकी तसवीरें मुम्बई के डॉन के साथ छपने लगीं थीं, फिर उसकी ख़बरें आनी बन्द हो गईं थीं। रामनरेश भैया स्तब्ध होकर ये सब देख रहे थे।

तभी एक महिला की नज़र रामनरेश भैया पर पड़ गई। उसने चिल्लाकर

कहा, "एक यह हैं रामनरेश भैया।" रामनरेश भैया की सिट्टी-पिट्टी गुम हो गई। उनको लगा कि अब तो गए।

उस महिला ने रामनरेश भैया को अपने बीच में खींचकर कहा कि "एक रामनरेश भैया हैं, इतने शरीफ़, इतने शरीफ़ कि कभी कोई लड़की इनके कमरे पे नहीं आती। कभी किसी लड़की की तरफ़ आँख उठा कर भी नहीं देखते। ऐसे लोग होने चाहिए सोसायटी में, पाक साफ़।"

रामनरेश भैया ने वीणा के तार फिर से कस लिए, जिसे थोड़ी देर पहले वह ढीला कर रहे थे। उन्होंने फ़ौरन अपनी छवि पर दुबारा कलफ़ और इस्त्री की और उसी समय मन ही मन तीसरी क़सम खाई, "दुबारा कभी किसी लड़की के बारे में नहीं सोचेंगे।"

मास्टर शॉट

[फ़िल्मांकन में एक ऐसा शॉट जो दृश्य के सभी पात्रों का स्थान दर्शाता हो]

फ़ोन पर मीनाक्षी से बात करते हुए श्रीपद बार-बार अपने अपराधबोध से ग्रस्त स्वर में कह रहा था कि वह उसके बर्थडे पर इस बार मुम्बई नहीं आ पाएगा। उसकी दिल्ली में बहुत से लोगों के साथ मीटिंग है। बहुत से काम हैं। लेकिन उसने वादा किया कि वह 'विश' ज़रूर करेगा, वह भी ठीक रात के बारह बजते ही। टीवी स्टार मीनाक्षी अपने पति की बातें चुपचाप सुन रही थी। शादी के बाद उसका कोई ऐसा बर्थडे नहीं था जो श्रीपद भूल गया हो या उसके साथ न रहा हो। बल्कि श्रीपद ने उसके हर बर्थडे पर धूमधाम से पार्टी की है। दिल्ली के बड़े-बड़े लोग आते थे पार्टी में और इस बार वाले बर्थडे के लिए तो उसने वादा भी कर रखा था कि गोवा में जाकर पार्टी करेगा। लेकिन फ़ोन पर मीनाक्षी की ख़ामोशी से श्रीपद ने कल्पना की कि उसका मुँह उतर गया है या वह नाराज़ हो गई है। इस पर उसने झल्लाकर कहा, "अगर एक बार नहीं आऊँगा बर्थडे पर तो क्या क़यामत आ जाएगी?" इतना कहकर उसने एक झटके में बिना 'बाय' कहे फ़ोन काट दिया।

लेकिन यह सच नहीं था। इस तरह झल्लाना तो उसका एक नाटक था। वास्तव में श्रीपद उसको 'सरप्राइज़' देना चाहता था। दूसरे ही दिन शाम को वह दिल्ली से हवाई जहाज़ पकड़कर मुम्बई आ गया। ढेर सारे उपहार और बड़ा-सा एक केक लेकर उसने अपने कई दोस्तों को कॉल करके बुलाया,

"मीनाक्षी को 'सरप्राइज़' देना है। हमारी बिल्डिंग के नीचे पहुँचकर इन्तज़ार करो। मैं भी आधे घंटे में पहुँच रहा हूँ।"

मीनाक्षी की जब दिल्ली में रहते हुए एक बड़े टीवी सीरियल में कास्टिंग हुई थी तो श्रीपद ने मुम्बई में एक फ़्लैट ख़रीदकर उसे दे दिया था। उसने कहा था, "जब अपने पास इफ़रात पैसे हैं तो किराए पर रहने की ज़रूरत ही क्या है?" फ़्लैट की तीन चाभियों में से एक चाभी वह अपने पास रखता था। तो उसने मुम्बई के दोस्तों के साथ मिलकर योजना बनाई कि वह धीरे से दरवाज़ा खोलकर अन्दर जाएगा और मीनाक्षी को चौंका देगा। पीछे से दोस्त भी आ जाएँगे तो वह और ज़्यादा चौंक जाएगी। बहुत मज़ा आएगा। एक झटके में सारे गिले-शिकवे दूर हो जाएँगे।

अपनी बिल्डिंग के नीचे पहुँचकर श्रीपद अपने दोस्तों से मिला और सबको साथ लेकर लिफ़्ट से अपने फ़्लोर पर पहुँचा। उसने अपने फ़्लैट का दरवाज़ा चुपके से खोला। उसके साथ उसके दोस्त भी अन्दर हॉल में आए। श्रीपद बिल्ली की तरह चुपके-चुपके उसके बेडरूम में गया। बेडरूम में जाकर उसने जो देखा उसे देखकर उसके रक्त का प्रवाह ऊपर नीचे होने लगा। उसे चक्कर आ गए। पलँग पर मीनाक्षी अपने सह-अभिनेता करण मल्होत्रा के साथ थी। श्रीपद ने उसे चौंका दिया था। वह श्रीपद के दोस्तों को देखकर और भी ज़्यादा चौंक गई।

श्रीपद नौकरशाही के गलियारे का बहुत बड़ा आदमी है। उसकी पहुँच हिन्दी पट्टी के सभी सचिवालयों और सचिवों तक है। पर वह करता क्या है इसके बारे में कोई भी ठीक-ठीक नहीं बता सकता। कोई क्या वह ख़ुद भी अपने बारे में पक्के तौर पर कुछ नहीं बता पाता है। उसने मीनाक्षी को बताया था कि वह संसद के सचिवालय में काम करता है लेकिन पद क्या है, इसका जवाब वह देश, काल और परिस्थिति के अनुसार अलग-अलग देता रहता है। अक्सर महफ़िलों में बात करते हुए सभी बड़े शहरों के ज़िलाधिकारी उसके साथ के निकल आते हैं। अगर कोई पूछ लें कि 'साथ के' मतलब वह आपके गाँव के हैं? तो वह बता देता है कि वो शहर में साथ में थे। कोई पूछ ले कि कॉलेज में साथ में थे क्या? तो कहता यूनिवर्सिटी में साथ में थे।

कोई यूनिवर्सिटी का नाम पूछ लेता तो कह देता कोचिंग में साथ में थे। अगर कोचिंग का नाम पूछ लिया तो कहता आईएएस अकेडमी में साथ में थे। क्या आप आईएएस हैं? तो नहीं, मैं आईएएस को मीडिया की ट्रेनिंग देता हूँ। कुल मिलाकर जब जैसी ज़रूरत वैसा उसका काम। इसके अलावा बड़े-बड़े अधिकारियों से उसके पारिवारिक सम्बन्ध भी निकल आते जैसे—भाई, चचेरा-मौसेरा भाई, बड़े भाई का साला, जीजा की बहन, उस बहन का देवर आदि रिश्ते तो उसकी जेब में रहते थे। कभी भी निकालकर छितरा देता था। तो गाँव-घर के लोगों के लिए केवल इतना ही काफ़ी था कि उनका लड़का दिल्ली में बड़े-बड़े लोगों के बीच उठता-बैठता है, बाबू जी को पैसा भेजता है और बहन की शादी में सोने का सेट भी दिया था।

अपने नौकरशाही सम्बन्धों का फ़ायदा उठाकर वह हर शहर के विकास की ख़बर रखता था। यानी कहाँ से हाइवे निकलने वाला है, कहाँ नई सड़क बनने वाली है, कहाँ से मेट्रो निकलने वाला है, कहाँ सरकारी अस्पताल बनने वाला है, कहाँ इंजीनियरिंग और मैनेजमेंट के इंस्टिट्यूट बनने वाले हैं आदि-आदि। वह उस विकास के पहले ही वहाँ की खेती वाली ज़मीन ख़रीद लेता था। जब विकास शुरू होता तो ज़मीन के दाम में वह आग लगा देता जिसकी लपट बहुत ऊपर तक जाती थी और बहुत ऊपर तक के लोग उससे अपने हाथ सेंकते थे। इस तरह ऐन विकास के समय वह सरकार के साथ मोल-तोल किया करता और सरकार कौन? वही बड़े-बड़े लोग जिनके बीच वह उठता-बैठता था। कंस्ट्रक्शन कम्पनियाँ, जो बड़े-बड़े टावर बनाती हैं, उसे मुँहमाँगी कीमत दिया करती हैं। विकास की मलाई में वह सभी नौकरशाहों को बराबर का हिस्सेदार बनाकर चलता था। कद्दू कटेगा तो सब में बँटेगा वाली नीति थी उसकी।

बहुत कम समय में उसने जितना कमा लिया था उतना कमाने में एक सामान्य-सी नौकरी करने वाले को कम से कम पचीस साल लग जाते हैं। लेकिन इस पैसे को देखने वाला दिल्ली में कोई नहीं था। दिल्ली में वह अकेले रहता था और कुँवारा भी था। तो वह कभी-कभी शाम को अपने एक दोस्त के पास चला जाता था। उसका दोस्त सुन्दर गैरोला नुक्कड़ नाटक करता था और श्रीपद को देखते ही 'कैपिटलिस्ट' कहकर बुलाता था। बहस-मुबाहिसों में वह विकास के नाम पर उसकी सरकार को दलाल कहकर ख़ूब गरियाता

था। श्रीपद उसे नादान समझकर बस हँस देता था और कहता था कि यह उसकी सरकार नहीं है, जनता की सरकार है। फिर वह उसे अपनी कार दिखाता, स्मार्ट फ़ोन दिखाता, बड़े-बड़े लोगों की तसवीर दिखाकर उनसे अपने सम्बन्ध बताता और अन्त में सुन्दर को चाय पिलाता। इस तरह कोई यह नहीं कह सकता था कि जंगल में मोर नाचा किसने देखा।

एक दिन सुन्दर के नाटक की रिहर्सल में उसे एक लड़की दिखी। लड़की गोरी, लम्बी, छरहरी और सुन्दर थी लेकिन अन्तर्मुखी भी थी। पलकें हमेशा झुकी रहती थीं। वह कोरस में आकर संवाद बोलती थी और बैठ जाती थी। कभी-कभी अपवाद स्वरूप मुस्कुरा भी देती थी। सामान्य अभिनेताओं की तरह उसमें लोगों की नज़र में आने की इच्छा मरी हुई थी। कोई भी देखकर कह सकता था कि वह बड़ी आज्ञाकारी लड़की होगी, कभी उसने कोई बदमाशी भी नहीं की होगी। बिलकुल भीगी हुई चिड़िया की तरह पर गिराकर रहने वाली लड़की थी। वह शलवार सूट में ही रहती थी और दुपट्टा सीने से कभी गिरने भी नहीं देती थी। श्रीपद उस लड़की पर मोहित हो गया। फिर क्या था, रिहर्सल में ब्रेक के दौरान उसने सबके लिए चाय मँगवाई, समोसे भी मँगवाए। पहले दिन के लिए इतना काफ़ी था लेकिन दूसरे दिन उसने एक कदम आगे बढ़ाया और रिहर्सल के बाद सबसे पूछा कि "किसी को कहीं छोड़ दूँ, अपनी कार से?" चूँकि अभी उतनी जान-पहचान नहीं हुई थी इसलिए सीधे-सीधे उस लड़की से नहीं पूछ सकता था। तो उस दिन कोई उसके साथ नहीं गया।

लेकिन बिल्ली के भाग्य से कभी न कभी छींका तो टूटता ही है, बिल्ली को बस ताक लगाए रखना होता है। तो कुछ दिनों के बाद रिहर्सल के दौरान ही मीनाक्षी के घर से उसकी मम्मी का फ़ोन आया—उस लड़की का नाम मीनाक्षी था—कि पापा की तबीयत ख़राब है। अस्पताल में एडमिट हैं। मीनाक्षी की घबराहट से उसके सभी साथी कलाकारों ने उसकी मदद के लिए हाथ बढ़ाया लेकिन सुन्दर ने श्रीपद से कहा कि उसे अपनी गाड़ी से अस्पताल पहुँचा दे और बाकी कलाकार रिहर्सल जारी रखें।

श्रीपद जानता था कि नाजुक हालात ही लड़की के करीब जाने का सबसे बढ़िया मौक़ा होता है। मीनाक्षी को लेकर श्रीपद अस्पताल पहुँचा तो पता चला कि पापा जी को हार्ट-अटैक आया था। अस्पताल वैसे तो अच्छा

था लेकिन था सरकारी इसलिए श्रीपद ने फ़ौरन अपने नौकरशाही सम्बन्धों का इस्तेमाल करके अस्पताल प्रबन्धन को फ़ोन करवा दिया कि पापा जी का विशेष ध्यान रखा जाए। फिर क्या था। पूरा अस्पताल उनकी तीमारदारी में लग गया। अस्पताल के अन्दर जो भी दलाल घूमते हैं, जो पैथोलॉजिकल जाँच आदि के लिए मरीज़ों को बहला-फुसलाकर अस्पताल से बाहर ले जाते हैं, उनसे दूर हट गए। दवाइयाँ भी जो आम तौर पर मरीज़ों को बाहर से ख़रीदनी होती थी अस्पताल की तरफ़ से ही मिलने लगीं। सेकेंड-ओपिनियन के लिए श्रीपद ने अपने ख़र्चे पर शहर के सबसे बड़े हृदय रोग विशेषज्ञ से भी मशवरा किया। ये सब कुछ मीनाक्षी देख रही थी और श्रीपद की कोशिशों से प्रभावित भी हो रही थी। पापा जी को डिस्चार्ज के बाद श्रीपद ही अपनी गाड़ी में घर लेकर आया। इसी बहाने उसने मीनाक्षी का घर देख लिया जो वह चाहता भी था। श्रीपद ने तो पैसों से भी मदद करने की कोशिश की। लेकिन मीनाक्षी ने संक्षिप्त-सी मुस्कान के साथ मना कर दिया। उसके अन्दर कृतज्ञता का भाव भरा हुआ था।

मीनाक्षी के मम्मी-पापा श्रीपद से बड़े ख़ुश थे। वो उठते-बैठते मीनाक्षी के सामने श्रीपद की तारीफ़ किया करते थे। वह मीनाक्षी से चार-पाँच साल बड़ा होगा। हालाँकि उन्होंने यह कहा नहीं लेकिन उनके मन में यह बात थी कि इनकी जोड़ी अच्छी रहेगी।

इधर अब श्रीपद रोज़ सुन्दर की रिहर्सल या मंचन में साथ-साथ रहने लगा। सभी कलाकारों के छोटे-मोटे अटके काम वह झटपट करवा देता। उसका यशगान बढ़ता जा रहा था। लेकिन मीनाक्षी ने अपनी तरफ़ से न तो कोई संकेत दिया न ही श्रीपद का कोई संकेत लिया। वह जैसी अन्तर्मुखी-सी थी वैसी ही बनी रही। श्रीपद को एक बार मन में विचार आया कि सीधे उसके मम्मी-पापा से जाकर बात करे लेकिन यह तो प्रेम प्रसंग नहीं हुआ और उसे चाहिए था एक ज़बरदस्त प्रेम प्रसंग। विवाह उसके बाद। उसे यह बात चुभ रही थी कि लड़की उसका संकेत नहीं ले रही है। अगर लड़की ने ख़ुद पुरानी फ़िल्मों की हीरोइन की तरह शरमाकर कहा होता, "मैं क्या जानूँ, मेरे मम्मी-पापा से बात कीजिए" तो अलग बात थी। कर लेते मम्मी-पापा से बात।

श्रीपद ने रिहर्सल में किसी दूसरी लड़की ज्योति पर ध्यान देना शुरू कर

दिया। उसे लगा शायद इससे काम बन जाए लेकिन काम बन नहीं रहा था और इधर ज्योति उसके आभा-मंडल से चौंधिया रही थी। ज्योति में इतनी हिम्मत नहीं थी कि श्रीपद से सीधे इस बारे में बात कर ले जबकि श्रीपद किसी अच्छे गेंदबाज़ की तरह इतना हल्का गेंद फेंक रहा था कि अगला आउट भी न हो और अच्छी बल्लेबाज़ी भी न कर पाए।

एक दिन मीनाक्षी का फ़ोन आया, श्रीपद के पास। लेकिन ज्योति का प्रेम सन्देश देने के लिए। श्रीपद ने कोई जवाब नहीं दिया और कहा कि मिलकर बात करते हैं। उसी रोज़ शाम को एक बड़े से कैफ़े में दोनों मिले। मीनाक्षी ने अपना सन्देश दुहरा दिया और जानना चाहा कि ज्योति को क्या जवाब दे। श्रीपद ने बिलकुल स्पष्ट कहा कि उसे ज्योति में कोई दिलचस्पी नहीं है, वह लड़की ख़ुद ही उसकी तरफ़ आकर्षित है तो वह क्या कर सकता है। मीनाक्षी अपलक सब सुन रही थी। श्रीपद को समझ में नहीं आया कि इस बात का मीनाक्षी पर क्या असर हुआ तो उसने और स्पष्ट तरीके से कहा, "मैं केवल तुमको पसन्द करता हूँ। मुझे 'तुम' चाहिए।" उसने 'तुम' पर बलाघात देकर सब कुछ स्पष्ट कर दिया। मीनाक्षी ने पलकें झुका लीं। श्रीपद को उसका पलकें झुकाना ही तो पसन्द था। वह उसे देर तक एकटक देखता रहा। कुछ पल के बाद उसने मीनाक्षी से कहा, "अब तुम्हें जवाब देना है।" इस पर मीनाक्षी की झुकी पलकों से एक बूँद मेज़ पर गिरी। श्रीपद ने फ़ौरन अपना हाथ उसके हाथ पर रख दिया और पूछा, "क्या बात है?" मीनाक्षी ने कहा, "आप मेरे मम्मी-पापा से बात कीजिए।"

श्रीपद दूसरे ही दिन पहुँच गया मम्मी-पापा से बात करने। मम्मी-पापा मान भी गए।

तीसरे दिन जब श्रीपद एक विधायक पर लगे बलात्कार के आरोप के विरोध में जुलूस निकाल रहा था, सुन्दर का उसके पास फ़ोन आया और उसने उसे रिहर्सल के बाद मिलने को कहा। पहली बार सुन्दर ने अपनी तरफ़ से मिलने के लिए फ़ोन किया था। इसलिए श्रीपद पूरी मुस्तैदी के साथ वक़्त पर हाज़िर हो गया। उसे अनुमान तो था कि शायद यह मीनाक्षी से सम्बन्धित हो फिर भी उत्सुकता थी कि क्या बात है।

चाय की टपरी पर सुन्दर ने बताया कि वो लोग बक्सर से लगभग भागकर दिल्ली आए हैं। ज़्यादा दिन नहीं हुआ है। वहाँ एक लड़का मीनाक्षी के पीछे

पड़ा था। उसका घर से निकलना मुहाल हो गया था। जब बात नहीं बनी तो उस लड़के ने पूरे मोहल्ले की दीवारों पर मीनाक्षी का नाम लिखना शुरू कर दिया। इसलिए पूरे परिवार ने रातों-रात अपना घर बेचा और दिल्ली आ गए। वो लोग सुन्दर के किसी दोस्त के पहचान के हैं जिन्होंने मीनाक्षी को उसके पास भेजा था ताकि उसका दिल बहला रहे। कॉलेज में भी दाख़िला अब अगले सत्र में ही हो पाएगा। सुन्दर ने बताया कि यह बात ख़ासकर मीनाक्षी ने श्रीपद तक पहुँचाने का आग्रह किया है ताकि कल को अगर उसके साथ सम्बन्ध बनता है तो उनके बीच कोई बात छिपी न हो।

श्रीपद को तो वैसे ही झुकी पलकों वाली सकुचाई-सी लड़की पसन्द आती थी ऊपर से ऐसी कहानी से उसका दिल पसीज़ गया। मीनाक्षी पर उसे तरस आने लगा। उसे इस बात की ख़ुशी थी कि परिस्थितियों ने उसके हाथ में निर्णय छोड़ा था। उसने आनन-फ़ानन में शादी तय कर दी। शादी के पहले मीनाक्षी ने श्रीपद को बताया कि उसे काउंसलर के पास चलना होगा।

बक्सर में जब उस लड़के ने मीनाक्षी को परेशान करना शुरू किया था तो उस पर भय का दौरा पड़ता था। किसी की छाया से भी डर लगने लगा था उसे। अपनी ही आवाज़ पर चौंककर इधर-उधर देखती कि कहीं कोई आसपास तो नहीं। तो दिल्ली में जिस काउंसलर से उसके मम्मी-पापा ने उसे मिलवाया था उन्होंने ही यह मशवरा दिया था कि मीनाक्षी को घर से निकलकर किसी सामुदायिक गतिविधि में शामिल होना चाहिए। इस तरह वह सुन्दर की नाट्य संस्था के सम्पर्क में आई।

काउंसलर ने अकेले में श्रीपद से बात की और बताया कि मीनाक्षी की निर्णय लेने की क्षमता कमज़ोर हो गई है। उसके जीवनसाथी को हर पल इसका विशेष ख़्याल रखना होगा। उसका भावनात्मक भरोसा जीतना होगा। उसे मानसिक तौर पर शादी के लिए तैयार करना होगा ख़ासकर शारीरिक सम्बन्ध के बारे में उसकी राय सकारात्मक बनानी होगी। इसके लिए चाहे जितना समय लगे देना चाहिए। श्रीपद ने उसकी बात समझ ली। उसने बड़ी सूक्ष्मता से उसका ख़्याल रखा और भावनात्मक भरोसा भी जीता। जब मीनाक्षी को लगा कि अब वह शादी के लिए तैयार है तब ही उसने शादी की।

उनकी शादी हो गई। शादी में सारे नौकरशाह और प्रशासनिक अधिकारी आए थे।

श्रीपद को शादी के साथ ही अपना कारोबार बढ़ाने का विचार आया। उसे पता था कि कई सरकारी परियोजनाओं के प्रचार के लिए सरकार नुक्कड़ नाटक करवाती है। जिसके लिए मुनासिब पैसे मिल जाते हैं। उसने पहले भी कई बार सुन्दर को ऐसे प्रचार नाटक करने को कहा था लेकिन सुन्दर ने कहा था कि उसे दक्षिणपंथियों का पैसा नहीं चाहिए। लेकिन अब चूँकि श्रीपद की पत्नी नुक्कड़ नाटक की एक कलाकार थी तो श्रीपद ने फ़ौरन एक नाट्य संस्था पंजीकृत करवाई और मीनाक्षी के बायोडेटा में कुछ और महत्वपूर्ण नाटक जोड़कर, जो उसने कभी नहीं किए थे, सम्बन्धित विभागों में आवेदन कर दिया।

श्रीपद को जब पता चला कि मीनाक्षी की अँग्रेज़ी बहुत अच्छी है तो वह उससे ही आवेदन लिखवाता। मीनाक्षी उसके लिए फ़ाइल तैयार करने लगी। वह अधिकारियों से फ़ोन पर मीटिंग के लिए समय लेती और जब अधिकारियों से मीटिंग होती तो मीटिंग में बातचीत भी मीनाक्षी ही करती, अँग्रेज़ी में। अधिकारियों पर ज़बरदस्त प्रभाव पड़ता था। श्रीपद यही चाहता था। सुन्दर, सुशील और मासूम लड़की जब अँग्रेज़ी बोलती है तो ग़ज़ब की लगती है, यह बात एक अधिकारी ने मीनाक्षी के सामने ही श्रीपद को कही थी। नौकरशाही के गलियारे में उस अधिकारी को लोग दिग्गी साहब बुलाते थे। दिग्गी साहब को मीनाक्षी का अँग्रेज़ी बोलना इतना भा गया कि वह बोलती रही और वह उसे एकटक देखते रहे। उन्होंने तपाक से एक सिगरेट निकालकर जलाई और मीनाक्षी की तरफ़ बढ़ाते हुए कहा, “मैं तब से सोच रहा था कि किस चीज़ की कमी खटक रही है, असल में आपको सिगरेट पीते हुए अँग्रेज़ी में बोलना चाहिए।” मीनाक्षी असहज हो गई लेकिन श्रीपद चापलूसी में हँस रहा था। उसने दिग्गी साहब की तारीफ़ करते हुए कहा, “सर का सेन्स ऑफ़ ह्यूमर बहुत ज़बरदस्त है।” दिग्गी साहब ने कहा, “नो, नो, दिस इज़ नॉट अ ह्यूमर, आई एम सीरियस।” सिगरेट मीनाक्षी की नज़रों के आगे जल रही थी। मीनाक्षी ने श्रीपद को देखा। श्रीपद ने मीनाक्षी को इशारा किया, “अरे, कोई बात नहीं, ले लो, ले लो।” हिचकते-हिचकते मीनाक्षी ने सिगरेट पकड़ ली। तो दिग्गी साहब ने कहा, “अगरबत्ती बनाएँगी क्या? पीजिए भी।” मीनाक्षी ने सिगरेट का एक कश मुँह में लेकर धुआँ उगल दिया। दिग्गी साहब ने कहा, “ऐसे नहीं।” वह उठकर उसके पास गए।

अपने हाथ से उसके मुँह में सिगरेट लगाई और कहा, "खींचिए और साँस रोक लीजिए।" मीनाक्षी ने कश खींचकर साँस रोक ली। तब दिग्गी साहब ने कहा, "अब नाक से साँस छोड़िए।" मीनाक्षी ने नाक से साँस छोड़ी और सिगरेट का धुआँ उसकी नाक से बाहर आ गया। दिग्गी साहब ने कहा, "अब मुँह में जो थोड़ा बहुत बचा है उसको मुँह से निकाल दीजिए।" मीनाक्षी ने वैसा ही किया। दिग्गी साहब वापस सामने जाकर बैठ गए। इस बीच श्रीपद लगातार खोखली हँसी हँसे जा रहा था। दिग्गी साहब ने कहा, "अब फिर से कश लीजिए तब इंग्लिश बोलिए।" मीनाक्षी ने फिर से कश लिया लेकिन इस बार उसे ज़बरदस्त खाँसी का दौरा पड़ा। दिग्गी साहब उठकर उसकी पीठ सहलाने लगे। मीनाक्षी असहज होकर बस श्रीपद को देखे जा रही थी। लेकिन श्रीपद अपनी नज़रें इधर-उधर घुमा-घुमा कर केवल यही कह रहा था, "सर, यह नई है। सीख जाएगी सब।"

घर लौटते हुए श्रीपद मीनाक्षी को समझा रहा था कि दिग्गी साहब उसके लिए पिता समान हैं। बहुत 'केयर' करते हैं। उनकी मेहरबानी से उसने जितनी दौलत कमाई है वह एक मिसाल है। "बन्दे को कोई भ्रष्टाचार के मामले में पकड़ ही नहीं सकता, इतना साफ़ रखता है अपना हाथ। तभी तो आईएएस लोग कहते हैं कि दिग्गी साहब को हाथ की सफ़ाई आती है।" मीनाक्षी की समझ में नहीं आ रहा था कि वह हैरत में है या सकते में। उसे चुप रहना चाहिए या चिल्लाना चाहिए। रोना चाहिए या हँसना चाहिए।

बक्सर में जब उस लड़के ने उसका पीछा शुरू किया था तो वह उससे बचने के लिए तेज़-तेज़ चलने लगती थी। चलते-चलते भागने लगती थी। भागते-भागते रोने लगती थी। उस वक़्त वह अपने अन्दर होने वाली तमाम उथल-पुथल को ठीक-ठीक समझ पाती थी। पर जब से मनोचिकित्सक की सलाह लेने लगी है उसे किसी निर्णय पर पहुँचने के लिए दिमाग पर काफ़ी ज़ोर डालना होता था। इसलिए वह कई बार सोचना ही छोड़ देती थी।

दिग्गी साहब हमेशा दूसरे विभागों का काम दिलवाते थे श्रीपद को और उन विभागों के अधिकारियों का काम अपने विभाग से करते थे। इससे निष्पक्षता बनी रहती है।

ज़मीन अधिग्रहण के लिए जिस विभाग के अधिकारी ने श्रीपद से अनुबन्ध किया था उसने एक दिन उससे कहा, "दिग्गी साहब की तबीयत ठीक नहीं

चल रही हैं। ज़रा देख लो।" श्रीपद ने चापलूसी में उस अधिकारी से हँसने, मुस्कुराने, झेंपने, हिचकिचाने का अभिनय करते हुए कहा, "सर आपको कुछ चाहिए तो सीधे मुझे बताइए। दिग्गी साहब को क्यों परेशान करें हम लोग? हमारा आपसे भी तो सम्बन्ध है?" लेकिन उस अधिकारी ने कहा, "भाई दिग्गी साहब की सचमुच तबीयत ख़राब है तुम जाकर मिलो उनसे।" तब श्रीपद ने बात को गम्भीरता से लिया और भागा-भागा दिग्गी साहब के पास पहुँचा।

दिग्गी साहब उसकी उपस्थिति को नज़रअन्दाज़ करते रहे। श्रीपद ने बहुत देर इन्तज़ार किया और अन्त में उसने हाथ जोड़ लिया, "क्या बात सर? ऐसे क्यों कर रहे हैं?" तब दिग्गी साहब ने कहा, "यार, तुमने अपनी शादी में सारे बड़े-बड़े लोगों को बुलाया था।" फिर वह चुप हो गए। श्रीपद ने हँसकर कहा, "आपको भी तो बुलाया था हुज़ूर।" दिग्गी साहब ने कहा, "मैं कहाँ मना कर रहा हूँ?" "फिर क्या बात है", श्रीपद ने तत्परता से पूछा। दिग्गी साहब ने असमंजस का प्रदर्शन करते हुए कहा, "कैसे कहूँ?" श्रीपद ने उन्हें सीधे और सपाट ढंग से बस कह डालने के लिए कहा। तब दिग्गी साहब ने कहा, "यार, सभी अधिकारियों की नज़र मीनाक्षी पर है, तुम्हारी पत्नी पर। मैंने तो सबको झिड़क दिया। कह दिया, "ना! भले ही तुम सब मेरा काम न करो। भले ही श्रीपद का सारा प्रोजेक्ट बन्द करवा दो, लेकिन मीनाक्षी? नहीं। हरगिज़ नहीं।"

श्रीपद एक बीयर बार में बैठकर देर रात तक पीता रहा। मीनाक्षी खाना पकाकर उसका इन्तज़ार करती रही। इन्तज़ार करते-करते जब थक गई तो फ़ोन कर लिया। श्रीपद ने फ़ोन नहीं उठाया। मीनाक्षी कोई किताब लेकर पढ़ने बैठ गई। किताब पढ़-पढ़कर जब वह थक गई तो फिर से फ़ोन कर लिया। उधर श्रीपद जब पीते-पीते थक गया तो शौचालय से घूम-टहल आया। शौचालय से घूम-घाम कर फिर से पीने लगा। उधर मीनाक्षी नेल पॉलिश लगाने लगी। जब बीसों उँगलियों में नेल पॉलिश लगा चुकी तो लिपस्टिक उठा लिया। फिर श्रीपद को फ़ोन कर लिया। श्रीपद ने फिर से नहीं उठाया। मीनाक्षी ने टीवी ऑन कर दिया।

जब बहुत रात को श्रीपद नशे में धुत्त होकर घर आया तो देखा कि पलँग पर मीनाक्षी बेसुध सोई है और उसके आसपास किताबें, चाय का कप, नेल पॉलिश की कई शीशियाँ, नेल पॉलिश रिमूवर और कई तरह की लिपस्टिक

आदि बिखरी हुई थी। टीवी में किसी न्यूज़ चैनल पर राशिफल बता रहे थे कि आपका आने वाला दिन कैसा होगा। उसने टीवी ऑफ़ कर दिया तो मीनाक्षी की नींद खुल गई। उसे दूर से ही बीयर की महक आई। उसने पूछा, "खाना?" श्रीपद ने कपड़े बदलते हुए उससे पूछा, "तुमने खाया?"

श्रीपद को खाने का बिलकुल मन नहीं था लेकिन उसने मीनाक्षी के लिए खाया।

नशे में श्रीपद था लेकिन नींद मीनाक्षी को आ रही थी। बिस्तर पर पड़ते ही वह सो गई और श्रीपद रात भर जगा रहा। श्रीपद उसे एकटक देखता रहा और कब सुबह हुई और कब उसे नींद आई पता नहीं।

इस बीच श्रीपद को मथुरा के गाँवों में नुक्कड़ नाटक करने का एक प्रोजेक्ट मिल गया जिसमें गन्ने की उन्नत खेती के लिए ज़रूरी चीज़ों का प्रचार करना था। श्रीपद ने इसके लिए एक घटिया-सा नाटक लिखा। फ़ौरन एक टीम बनाई और मीनाक्षी को टीम लीडर बनाकर भेज दिया। मीनाक्षी को लेकर टीम में दो ही लड़कियाँ थीं बाकी आठ लड़के।

मीनाक्षी को देखते ही गाँव में दर्शकों की भीड़ जमा हो जाती थी। हर गाँव में प्रधान के ही घर के आगे नाटक किया जाता था। लड़कियों की लघु शंका और दीर्घ शंका के लिए प्रधान के घर में व्यवस्था हो जाती थी लेकिन लड़कों को खेत या सड़क के किनारे ही निपटना होता था। ऐसे ही किसी प्रधान के घर में मीनाक्षी और उसकी साथी कलाकार गई हुई थीं। उनके शौचालय से निकलते ही एक लड़की, जो शायद प्रधान की बेटी थी, ने अपने कमरे में खींच लिया और मीनाक्षी की मुट्ठी में एक चिट्ठी थमा दी। उसने धीमी आवाज़ में कहा, "हमारा मोबाइल छीन लिया गया है इसलिए चिट्ठी लिखा है। बाहर जो पीली टी-शर्ट पहनकर पेड़ के नीचे बैठा है, बिट्टू, उसको दे देना।" मीनाक्षी पहले तो डर गई। इतना साहसिक कारनामा उसने कभी किया नहीं था। उसने पूछा, "पीली टी-शर्ट अकेले उसने ही थोड़ी न पहनी होगी?" उस लड़की ने कहा, "मैंने देखा है, अभी तो वह अकेला ही है जिसने पीली टी-शर्ट पहनी हुई है और वह पेड़ के नीचे भी खड़ा है।" इतना कहकर वह लड़की उस बड़े से घर के अँधेरे में कहीं ग़ायब हो गई।

प्रधान के घर से निकल कर दोनों महिला कलाकारों ने नाटक किया। लेकिन इस बीच वह पीली टी-शर्ट वाला लड़का कहीं नहीं दिखा। मीनाक्षी को

मौक़ा भी नहीं मिला प्रधान के घर में दुबारा जाने का ताकि वह उस लड़की को बता पाए कि तुम्हारा लड़का नहीं मिला। इसके अलावा मीनाक्षी को डर भी लग रहा था इसलिए वह उस गाँव से जल्दी से जल्दी निकल आई।

वापस दिल्ली पहुँचकर मीनाक्षी ने उस चिट्ठी को पढ़ा। उसमें बिट्टू को सम्बोधित करके लिखा था कि वह लड़की बॉम्बे जाकर हीरोइन बनना चाहती है। उस चिट्ठी में घर से भागने की तारीख़ और समय भी लिखा था। यह पढ़कर मीनाक्षी की घबराहट बढ़ गई।

श्रीपद ने मीनाक्षी को बताया कि काम की थकान उतारने के लिए वह उसे शिमला घुमाने ले जा रहा है। मीनाक्षी की घबराहट वाकई ख़त्म हो गई इस बात से। शिमला पहुँचकर वह उस लड़की को एकदम भूल गई। श्रीपद ने होटल में उसे व्हिस्की पिलाई। ख़ुद भी पी। मीनाक्षी लाख इनकार करती रही लेकिन श्रीपद ने उसे प्यार की क़सम दी, रिश्ते की क़सम दी और नशे में धुत्त कर दिया। मीनाक्षी बेसुध हो गई। थोड़ी देर बाद उसके कमरे के दरवाज़े पर खटखटाहट हुई। श्रीपद ने दरवाज़ा खोला। दिग्गी साहब आहिस्ते से अन्दर आए और श्रीपद आहिस्ते से बाहर निकल गया।

जिस दौरान मीनाक्षी मथुरा में नुक्कड़ नाटक कर रही थी उस दौरान श्रीपद के पास दिग्गी साहब का फ़ोन आया था कि वह शिमला जा रहे हैं। अगली किसी भी परियोजना की बात अब वहीं होगी। दिग्गी साहब ने ही श्रीपद को नशे में धुत्त करने वाला तरीका समझाया था। उनका कहना था कि हमारे बुज़ुर्गों का आज़माया हुआ नुस्ख़ा है यह। नए नुस्ख़े के आविष्कार की ज़रूरत ही क्या है।

सुबह जब मीनाक्षी सोकर उठी तो उसने अपने बदन पर कुछ खरोंचें देखीं। जिन्हें वह समझ नहीं पाई। श्रीपद खरोंचता तो है नहीं, शायद उसमें ऐसी कोई नई प्रवृत्ति जागी हो, मीनाक्षी ने यह सोचकर बात को तूल नहीं दिया। लेकिन रिज़ोर्ट में सुबह के नाश्ते के वक़्त जब उसे दिग्गी साहब से मिलना पड़ा तो बड़ा अजीब लगा। क्या अजीब लगा यह ठीक-ठीक समझ नहीं पाई। श्रीपद और दिग्गी साहब नई परियोजना पर बात कर रहे थे। लेकिन जब ऐसा ही कच्छ की यात्रा में भी हुआ, अजन्ता-एलोरा की यात्रा में भी हुआ, जयपुर और उदयपुर की यात्रा में भी हुआ तो उसने इस महासंयोग की बात श्रीपद को भी बताई। श्रीपद ने भी इसे महासंयोग ही बताया और भूल जाने का

मशवरा दिया। लेकिन मीनाक्षी भूल नहीं पा रही थी। इसके बाद वह कहीं भी घूमने जाती तो चौकन्ना रहती। उसने यह भी तय किया कि यात्रा के दौरान वह किसी भी प्रकार की शराब नहीं पीएगी चाहे श्रीपद जितनी भी ज़िद करे।

इस बीच दोनों मनोचिकित्सक के यहाँ जाते तो रहे लेकिन मीनाक्षी यह तय नहीं कर पा रही थी कि अपने सन्देह के बारे में उससे ज़िक्र करे या न करे। दूसरी तरफ़ मनोचिकित्सक उसमें सकारात्मक सुधार देख रहा था। मीनाक्षी की सूक्ष्म और अतिरिक्त सजगता उसकी नज़र से ओझल ही रही।

अगली तमाम यात्राओं में श्रीपद ने उसे पिलाने की भरसक कोशिश की लेकिन नाकामयाब रहा। मीनाक्षी कोई न कोई बहाना बना देती थी। इसके बाद यदाकदा मीनाक्षी उससे सवाल भी पूछ बैठती, "तुम क्यों मुझे शराब पिलाना चाहते हो?" तो शालीन प्रकृति वाला श्रीपद झुँझला उठता। जबलपुर की यात्रा में एक दिन उसने सुबह से ही समाँ बाँधना शुरू कर दिया, "दिग्गी साहब आज रात डिनर पर हमारे साथ ही खाना खाएँगे।" फिर उसने दिग्गी साहब के अहसान गिनाने शुरू कर दिए। एक तरह से उसने पूरा बही खाता मुँहज़बानी बता दिया कि दिग्गी साहब के कारण उसे कितना मुनाफ़ा हुआ है, जिसकी लाभार्थी मीनाक्षी भी रही है। तमाम तरह की लन्तरानी के बाद उसने मीनाक्षी को चूमकर कहा, "जब से तुम मेरी ज़िन्दगी में आई हो तब से केवल धन की वर्षा ही हो रही है।" यह सच भी था। शादी के बाद श्रीपद दिल्ली, हरियाणा और पश्चिमी यूपी में होने वाले विकास का एक बड़ा लाभार्थी बन गया था। लाभ के इस संजाल के केन्द्र में दिग्गी साहब बैठे थे। इसलिए दिग्गी साहब को नाराज़ करने का मतलब नौकरशाही संजाल से जुड़े हर व्यक्ति को नाराज़ करना था। "आख़िर धरती पर रहने वाला आदमी अन्तरिक्ष में तो जाकर रहने नहीं लगेगा।" यह वाला वाक्य उसने 'पानी में रहकर मगरमच्छ से बैर' वाले मुहावरे के विकल्प में कहा और मन ही मन अपनी साहित्यिक प्रतिभा पर रीझ गया।

डिनर के लिए तैयार होने के दौरान मीनाक्षी को अपने पर्स में ग्राम-प्रधान की उस बेटी की चिट्ठी दिखी जो उसने अपने प्रेमी के लिए उसे दी थी। मीनाक्षी ने उस चिट्ठी को खोलकर फिर से पढ़ा। एक दु:ख के अहसास के साथ उसने चिट्ठी मोड़कर वापस पर्स में रख दिया।

बहुत ज़बरदस्त डिनर हुआ। किसी ने शराब नहीं पी न ही किसी ने

किसी को पिलाने की कोशिश ही की। बल्कि कहना चाहिए कि शराब का ज़िक्र ही नहीं हुआ। दिग्गी साहब ने युवा दम्पत्ति को उपहार दिया। निहायत ही सस्ता-सा। भेड़ा घाट पर बिकने वाले दो छोटे-छोटे पत्थर से बने हाथी घोड़े। श्रीपद भी दिग्गी साहब के लिए ऐसा ही कुछ सस्ता-सा लेकर आया था जिसे उसने मीनाक्षी के हाथों से भेंट करवाया। फिर उसने बातों ही बातों में दिग्गी साहब से अचानक कहा, जैसे कि उसके दिमाग में अभी-अभी यह विचार कौंधा हो कि "आप मेरे कमरे में चलिए आपको एक बेहतरीन ग्रीन-टी पिलाता हूँ।" दिग्गी साहब भी ऐसे खड़े हो गए मानो अचानक आया यह विचार उनको बहुत पसन्द आया। उन्होंने कहा भी कि "सोने के पहले अगर ग्रीन-टी पी लो तो नींद बहुत अच्छी आती है।" सब कुछ इतने सहज तरीके से हो रहा था कि मीनाक्षी को प्रतिक्रिया का मौक़ा ही नहीं मिला। वैसे भी उसके प्रतिक्रिया-विभाग की रफ़्तार बहुत धीमी हो गई थी। कुछ तो वह पहले से ही अन्तर्मुखी थी और कुछ मनोचिकित्सक की दवा का असर भी था शायद। वह बिना कुछ कहे श्रीपद के पीछे-पीछे अपने कमरे में चली गई। उसके पीछे-पीछे दिग्गी साहब भी।

श्रीपद ने दिग्गी साहब और मीनाक्षी को आमने-सामने बैठा दिया और ख़ुद ग्रीन-टी बनाने लगा।

ग्रीन-टी पीने के बाद दिग्गी साहब ने श्रीपद को कहा, "ज़रा, मेरे कमरे से सिगरेट का पैकेट ले आओ।" कहते हुए उसने श्रीपद की तरफ़ कमरे की चाभी बढ़ा दी। श्रीपद भी 'जी सर' कहकर फ़ौरन निकल गया। उसके जाने के बाद दिग्गी साहब ने जूते निकाले और सेंटर टेबल पर पाँव पसार दिए। उन्होंने मीनाक्षी से कहा, "आज मैं सिर्फ़ बात करूँगा।" मीनाक्षी उनके एक-एक शब्द को ग़ौर से सुन रही थी। दिग्गी साहब कह रहे थे, "मैंने हमेशा श्रीपद से कहा है कि स्त्रियाँ उपभोग की वस्तु नहीं होतीं। उनका आदर करोगे तो पुण्य मिलेगा अन्यथा नरक की आग में जलोगे।" मीनाक्षी पत्थर की तरह बैठी सिर्फ़ सुन रही थी।

आधी रात बीत गई। रात का तीसरा पहर भी बीत गया। श्रीपद वापस नहीं आया और इधर कमरे में दिग्गी साहब अच्छी-अच्छी बातें कर रहे थे और बता रहे थे कि महिला सशक्तिकरण की सरकारी परियोजनाओं में वह अकेले श्रीपद को ही पूरे राजस्थान में होने वाले अभियान का ज़िम्मा दिलवा

रहे हैं। फिर उन्होंने उससे पूछा, "तुम कब से हो इस लाइन में?" मीनाक्षी ने मन में ही पूछा, "किस लाइन में?" लेकिन किसी को उसका सवाल सुनाई नहीं दिया। जो अर्थ उसे समझ में आ रहा था वह बड़ा घिनौना था इसलिए मीनाक्षी ने इसका और ज़्यादा अर्थ समझने की कोशिश नहीं की। जैसी बैठी थी वैसे ही बैठी रही, एकदम ठस। रात के ख़त्म होते-होते दिग्गी साहब ने जब उसके अन्त:वस्त्रों का विवरण देना शुरू किया तो उसे काठ मार गया। यह किसी दवा का असर नहीं था।

श्रीपद को इस बात की ख़ुशी थी कि अब उसका जीवन एक शीतल सरस-सलिल है। मीनाक्षी ने उससे कहा, "दिग्गी साहब को घर ही बुला लिया करो।" उसने मनोचिकित्सक के यहाँ जाना छोड़ दिया। वह मनोचिकित्सक को दोषी मानती थी, लेकिन किस बात के लिए यह ठीक-ठीक समझ पाने में असमर्थ थी। दिग्गी साहब घर आने-जाने लगे। कई बार अपने मित्रों को भी ले आते। कई बार अपने बीवी-बच्चों को भी ले आते। उनका पारिवारिक सम्बन्ध इतना प्रगाढ़ हो गया कि दिग्गी साहब की पत्नी सविता कई बार अपने पति की शिकायत करने के लिए भी मीनाक्षी से मिलने चली आती थीं। वह किसी राज़ की बात की तरह बताती थीं कि उनके पति का किसी औरत के साथ सम्बन्ध है। फिर वह श्रीपद से अपने पति की तुलना करते हुए कहतीं थीं, "मैं तो अपनी बेटी के लिए ईश्वर से प्रार्थना करती हूँ कि श्रीपद जैसा ही शरीफ़ आदमी मिले। दिग्गी साहब जैसा आदमी तो बिलकुल न मिले।"

इसी दौरान मुम्बई के एक टीवी प्रोडक्शन हाउस के कुछ लोग दिल्ली में अपने नए आने वाले धारावाहिक के लिए कलाकार खोज रहे थे। उन्होंने सुन्दर से सम्पर्क किया। सुन्दर ने उनके ऑडिशन की व्यवस्था कर दी। लगभग एक सप्ताह ऑडिशन चला लेकिन उनको उनकी नायिका नहीं मिली। सुन्दर ने उन्हें कई महिला कलाकारों से मिलवाया लेकिन चैनल को जो 'फ़ेस' चाहिए था वह नहीं मिल रहा था। असल में उन्हें एक मुस्लिम लड़की चाहिए थी। तो सुन्दर ने कई मुस्लिम महिला कलाकारों से भी उन्हें मिलवाया लेकिन कोई भी मुस्लिम लड़की मुस्लिम जैसी नहीं लग रही थी। झुँझलाकर सुन्दर ने अपने मुम्बई के मित्रों से पूछा, "यार कैसी होती हैं मुस्लिम लड़कियाँ?" तो कास्टिंग डायरेक्टर ने समझाया, "जिसकी नज़रें झुकी रहती हों, जिसके सिर पर हमेशा आँचल होता हो, जिसके चेहरे पर ज़्यादा 'एक्सप्रेशन' न आता

हो, आई मीन, जिसको देखकर कभी कोई सोच भी न पाए कि वह कभी 'रिवोल्ट' कर सकती है।" सुन्दर समझ गया कि इन्हें मीनाक्षी की ज़रूरत है। उसने फ़ौरन मीनाक्षी को कॉल किया। लेकिन मीनाक्षी ने इनकार कर दिया, "मैंने नाटक छोड़ दिया है।" सुन्दर ने उसे समझाने से बेहतर श्रीपद से बात करना उचित समझा। उसने श्रीपद से बात की। श्रीपद ने उससे वादा किया कि वह मीनाक्षी को लेकर शाम को उसके रिहर्सल स्पेस पर ज़रूर आएगा।

श्रीपद मीनाक्षी को कोई अच्छा-सा उपहार देना चाहता था। कुछ नया, कुछ अलग। उसने श्रीपद के लिए इतना सब कुछ किया तो श्रीपद को भी उसके लिए कुछ करना चाहिए, यह वह काफ़ी दिनों से सोच रहा था। इसलिए वह शाम को मीनाक्षी को लेकर ऑडिशन में पहुँच गया। बड़े ही अनमने ढंग से मीनाक्षी ने ऑडिशन दिया। लगभग एक सप्ताह के अन्दर वह धारावाहिक की नायिका के रूप में चुन ली गई। यह ख़बर सुनते ही मीनाक्षी भीतर तक सहम गई। न जाने अब कौन सी परीक्षा लेना चाहता है ऊपरवाला। उसने अपने पर्स से ग्राम-प्रधान की बेटी की चिट्ठी निकाली और पढ़कर वापस रख दिया।

श्रीपद ने इसे एक अवसर के रूप में देखा। उसकी पत्नी जितनी बड़ी सेलिब्रेटी होगी वह उतना ज़्यादा उसे सीने पर तमग़े की तरह लगाकर घूम सकेगा। उससे उसकी पहुँच भी ऊँची होगी। जितनी ऊँची उसकी पहुँच होगी उतनी बड़ी परियोजना का वह मालिक बनेगा। इसलिए मीनाक्षी को मुम्बई में कोई तकलीफ़ नहीं होनी चाहिए यह सोचकर उसने दस दिन के भीतर एक फ़्लैट और एक कार उसके लिए ख़रीद दिया। उदारता के प्रदर्शन में उसने कोई कसर नहीं छोड़ी। उसने मीनाक्षी को कहा कि वह आता-जाता रहेगा दिल्ली से। "दिल्ली का काम अचानक से तो नहीं छोड़ सकते न?"

फ़िल्म इंडस्ट्री में उसके दोस्तों की कमी नहीं थी। सबको उसने भाभी जी का 'ख़्याल' रखने के नाम पर नज़र रखने के काम पर लगा दिया। उधर दिल्ली में उसने सोच रखा था कि अगर दिग्गी साहब नाराज़ होंगे तो पहले तो वह किसी दूसरी मीनाक्षी की व्यवस्था कर देगा, नहीं, तो किसी दूसरे नौकरशाह को पकड़ लेगा। उसका सम्पर्क सूत्र पहले की अपेक्षा बढ़ा ही है, कम नहीं हुआ है। लेकिन दिग्गी साहब नाराज़ नहीं हुए। श्रीपद को अब उनके सुख के इन्तज़ाम में कुछ ज़्यादा पैसे ख़र्च करने पड़ते थे। ज़्यादा सिर दर्द लेना पड़ता था। कई बार तो दिग्गी साहब श्रीपद को अपने और

मीनाक्षी के सम्बन्ध के किस्से सुनाने को कहते थे। उनको पता था कि जब वह मीनाक्षी के साथ कमरे में होते थे तो श्रीपद दरवाज़े पर कान लगाकर सुना करता था। लेकिन अब श्रीपद भविष्य की कल्पना करके सब बर्दाश्त कर रहा था—सुपर स्टार मीनाक्षी का सुपर स्टार कारोबार।

जल्दी ही पूरे उत्तर भारत में मीनाक्षी के पोस्टर लग गए। धारावाहिक के प्रचार के लिए उसे कई शहरों में घुमाया जाने लगा। उसके इंटरव्यू छपने लगे। अक्सर पत्रकार उससे पूछते, "आप तो मुस्लिम नहीं हैं लेकिन फिर भी इतना अच्छा किरदार आपने निभाया, क्या आपने किसी ऐसे किरदार को देखा है, ख़ासकर मुस्लिम किरदार को?" मीनाक्षी को चैनलवालों ने जवाब लिखकर दिया था वही याद करके बोलती थी कि उसने फ़लाँ जगह पड़ोस में रहनी वाली फ़लानी ख़ाला/फूफी/बाजी को देखा था। जबकि उसने ऐसी किसी मुस्लिम महिला किरदार को नहीं देखा था जो वह निभा रही थी और किरदार निभाने के लिए कोई अलग से तैयारी भी नहीं की थी। उसने जो भी किया था वह उसके अवचेतन में जड़ जमा चुके अपने अनुभव को ही साझा किया था। जब तीन महीने गुज़र गए और पैसों का आवागमन शुरू हो गया तो उसने सोचा कि मुस्लिम महिला किरदार भी उसे देखना चाहिए। "आख़िर देखें तो कि जिसको वह निभा रही है वह देखने में है कैसी? या ऐसी किसी किरदार का अस्तित्व है भी या नहीं?" उसने अपने धारावाहिक के लेखक से पूछा, "ऐसी मरियल और पस्त हिम्मत मुस्लिम लड़की उसने कहाँ देखी है?" तो लेखक ने स्पष्ट किया, "यह तो एक काल्पनिक किरदार है। हम टीवी में बनी-बनाई छवि से अलग नहीं जा सकते। यहाँ केवल कहानी की पृष्ठभूमि के तौर पर मुस्लिम परिवेश रखा गया है। ज़रूरी नहीं है कि किरदार का उससे कोई मतलब भी हो।" चलते-चलते लेखक ने उसके ज्ञान चक्षु यह कहकर खोल दिए कि, "महिलाएँ तो किसी भी समुदाय की हों, कमोबेश एक जैसी ही होती हैं, इसलिए आप यही मानकर अभिनय कीजिए कि यह आपकी कहानी है।"

उसकी सह-अभिनेत्री नजमा नक़्शबन्दी ने मुम्बई से लगभग पचास किलोमीटर दूर भिवंडी में काम करने वाले एक महिला संगठन में ले जाकर उसे महिलाओं से मिलवाया जहाँ उसने मुस्लिम महिलाओं को भी देखा, उनके धरना-प्रदर्शन देखे, वहाँ का शाहीन बाग़ देखा, उनके नारे सुने। उनकी कहानी और कविताएँ सुनीं।

मीनाक्षी ने देखा कि मुस्लिम महिलाएँ शोषित हैं, बेचैन हैं और संघर्ष कर रही हैं, अपने अस्तित्व को लेकर, अपनी गरिमा को लेकर, अपनी पहचान को लेकर। कुछ लड़कियाँ बुर्का उतार फेंकने के लिए संघर्ष कर रही हैं और कुछ बुर्का पहनने के लिए। उनकी ज़िन्दगी के संघर्षों से बड़ी प्रेरणा मिली उसे। उसी दौरान उसकी मुलाक़ात एक ऐसी महिला से हुई जिसका पति दिन में ऑटो रिक्शा चलाता था और रात में उसी ऑटो रिक्शा में अपनी पत्नी से धन्धा करवाता था। एक दिन वह महिला अपने घर से भाग गई और उसने पुलिस थाने में जाकर अपने पति के ख़िलाफ़ शिकायत दर्ज करवा दी। उसके पति को जेल हो गई और अब वह महिला एक अन्य पुरुष के साथ बिना शादी के गरिमापूर्ण तरीके से अपना जीवन चला रही थी। जब वह महिला अपनी कहानी सुना रही थी, उस क्रम में मीनाक्षी को अपनी नायिका भी मिल रही थी और उसका अपना किरदार भी। धीरे-धीरे वह और उसकी नायिका आपस में एक होते चले गए।

उधर दिल्ली में एक बड़े सलून के उद्‌घाटन के लिए श्रीपद ने सलूनवाले से मोटी रकम लेकर मीनाक्षी को बताया कि फ़लानी तारीख़ पर उसे दिल्ली आना होगा। लेकिन उस फ़लानी तारीख़ को उसकी शूटिंग का शेड्यूल लगा हुआ था। उसने ऐतराज़ जताते हुए श्रीपद से कहा, "पहले बताना चाहिए था। ऐसे शूटिंग छोड़कर कैसे आ सकती हूँ मैं?" यह पहली बार था जब उसने श्रीपद की किसी बात पर ऐतराज़ जताया था। श्रीपद को बहुत बुरा लगा लेकिन शालीनता उसके व्यक्तित्व की पहचान थी। इसलिए उसने गरिमा बनाकर रखी और मीनाक्षी को सलाह दी, "अगर घर में किसी की मौत हो जाए तो शूटिंग छोड़कर आना ही पड़ेगा न?"

मीनाक्षी ने फ़लानी तारीख़ को प्रोडक्शन वाले बन्दे को कह दिया कि उसके पिता अस्पताल में भर्ती हैं।

दिल्ली एअरपोर्ट से बाहर निकलते ही श्रीपद उसे सीधे सलून के उद्‌घाटन में लेकर गया। वहाँ मीनाक्षी को रिबन काटना था और उनके बड़े-बड़े क्लाइंट के साथ तसवीर खिंचवानी थी।

शाम को श्रीपद ने मीनाक्षी की कामयाबी के नाम पर एक पार्टी रखी थी। जिसमें दिग्गी साहब अपनी पत्नी सविता के साथ आए थे। सविता ने बढ़-चढ़कर मीनाक्षी के साथ तसवीर खिंचवाई। उनके बच्चों ने मीनाक्षी आंटी

से ऑटोग्राफ़ लिया। उसकी गोद में बैठे। लगभग आधी रात को सविता ने अपने एनजीओ की महिलाओं के साथ मिलकर जाड़े की ठंड में सड़क पर सोने वालों के बीच मीनाक्षी के हाथों कम्बल बँटवाए, फ़ोटो खिंचवाए, अख़बारों में छपवाए।

पीठ पीछे सविता अक्सर अपनी 'किट्टी-पार्टियों' में कहती रही है कि मीनाक्षी का कैरेक्टर अच्छा नहीं है। कोई लड़की ऐसे ही स्टार थोड़ी न बन जाती है।

दूसरे दिन श्रीपद ने उसे बताया कि दिग्गी साहब उससे मिलना चाहते हैं। लेकिन मीनाक्षी ने साफ़ इनकार कर दिया जो श्रीपद से सहन न हुआ और उसने आवेश में उसका हाथ पकड़कर मरोड़ दिया, "मत भूल कि तू आज जो कुछ भी है वह मेरी वजह से ही है।" मीनाक्षी अभी भी ज़बान नहीं खोल पाती थी लेकिन उसने मन में ज़रूर कहा, "हाँ, आज मैं जो कुछ भी हूँ वह तुम्हारी वजह से ही हूँ।"

दूसरे दिन श्रीपद उसे दिग्गी साहब से मिलवाने के लिए एक होटल में ले गया। दिग्गी साहब ने एक ड्रिंक लेकर मीनाक्षी से कहा, "मैं बचपन से ही जब फ़िल्म देखता था तो सोचता था कि काश मैं भी किसी हिरोइन के साथ समय गुज़ारता और देख लो आज एक स्टार मेरे सामने खड़ी है, भले ही छोटी स्टार है लेकिन है तो स्टार ही न।" जब श्रीपद कमरे से निकल गया तो उसने उसे जी भर के चूमा और मीनाक्षी जड़वत खड़ी रही। फिर एक और पेग लगाकर दिग्गी साहब ने उससे पूछा कि "टीवी और फ़िल्म में तो खुलेआम चलता होगा सब। कुछ बताओ। तुमने भी तो ख़ूब चौके छक्के मारे होंगे। हीरो लोग बेड पर कैसे होते हैं? सुना है कि अमुक प्रोड्यूसर की मौत डेंगू से नहीं वियाग्रा से हुई थी? तुम भी तो प्रोड्यूसर डायरेक्टर के साथ सोती होगी?" न जाने कहाँ से मीनाक्षी के पास अभिव्यक्ति आ गई थी और उसने खींचकर दिग्गी साहब को एक थप्पड़ मारा। थप्पड़ बहुत ज़ोर का था। दिग्गी साहब को यक़ीन ही नहीं हुआ। वह सिर से पाँव तक हिल गए। मीनाक्षी ने उनसे कहा, "जाओ, कमरे के बाहर निकल कर सबको बता दो कि मैंने तुम्हें थप्पड़ मारा है। श्रीपद को भी बता दो।" इतना कहकर मीनाक्षी बड़ी शालीनता से कमरे से बाहर निकल आई।

मीनाक्षी सीधे एअरपोर्ट गई और फ़्लाइट पकड़कर मुम्बई चली गई।

दिग्गी साहब भी कमरे से बड़ी शालीनता के साथ निकले। चार घंटे के बाद श्रीपद जब होटल आया तो पता चला कि दिग्गी साहब तो चले गए। उसने दिग्गी साहब को फ़ोन किया लेकिन उन्होंने फ़ोन उठाया ही नहीं। उसने मीनाक्षी को भी फ़ोन किया और उसने भी नहीं उठाया। वह भागा-भागा दिग्गी साहब के ऑफ़िस गया और उनसे कुशलक्षेम पूछने लगा तो उन्होंने बड़ी शालीनता से बताया कि सब कुशल मंगल है। बस उन्हें ऑफ़िस में कुछ ज़रूरी काम आ गया था इसलिए जल्दी निकलना पड़ा। श्रीपद ने कई बार जानना चाहा कि सब ठीक तो रहा न। तो उन्होंने भी कई बार उसे बताया कि सब ठीक रहा। बल्कि बहुत अच्छा रहा।

जब मीनाक्षी से उसकी बात हुई तो वह वास्तविकता बता नहीं पाई। उसने सोचा कि दिग्गी ने तो सच बता ही दिया होगा। लेकिन श्रीपद की बातों से उसे अन्दाज़ा हुआ कि दिग्गी ने कुछ नहीं बताया है। इसलिए उसने भी कह दिया, "अचानक शूटिंग पर आना पड़ा, कुछ बहुत अर्जेंट था।" श्रीपद जैसा चालाक आदमी भी कल्पना नहीं कर पा रहा था कि क्या हुआ होगा। उसने विचार किया, "अगर कुछ गड़बड़ होती तो दिग्गी साहब तो ज़रूर बताते। नहीं भी बताते तो कम से कम उनकी भाव-भंगिमा से नाराज़गी तो ज़रूर झलकती। इसके विपरीत वह तो प्रसन्न-चित्त लग रहे थे।" दिग्गी साहब और मीनाक्षी के व्यवहार में एक बात उसने सामान्य खोजी कि दोनों ने ही होटल छोड़ते समय उसे फ़ोन नहीं किया। दोनों ही बिना उसे बताए अपने-अपने काम पर लौट गए। उसने इसमें अपनी असुरक्षा की गुंजाइश देखी। कहीं ऐसा तो नहीं कि मीनाक्षी और दिग्गी आपस में मिल गए और उसे मक्खी की तरह निकाल दिया? ऐसा उसने सोचा। दिग्गी साहब नौकरशाही के बेताज बादशाह थे। जिस पर भी हाथ रख दें वही बड़ा आदमी बन जाए। "तो कहीं उन्होंने मीनाक्षी के सिर पर हाथ तो नहीं रख दिया?" इसलिए श्रीपद ने तय किया कि उसे दोनों को ख़ुश करके चलना होगा। इसकी शुरुआत उसने मीनाक्षी से अपने बुरे बर्ताव के लिए माफ़ी माँगकर की और दिग्गी साहब के यहाँ फूलों का एक महँगा-सा गुलदस्ता भेजकर।

उधर मीनाक्षी के अन्दर आत्मविश्वास जाग रहा था। वह सोच रही थी कि अगर दिग्गी को थप्पड़ मारने के बाद भी वह चुप है तो इसका मतलब है कि ऐसे लोगों को चुप कराना इतना मुश्किल भी नहीं है।

जल्दी ही मीनाक्षी का बर्थडे आने वाला था। श्रीपद ने सोचा कि उस दिन वह उसको कोई बड़ा 'सरप्राईज़' देगा।

बर्थडे के एक दिन पहले फ़ोन पर मीनाक्षी से बात करते हुए श्रीपद ने बार-बार अपने अपराधबोध से ग्रस्त स्वर में कहा कि वह उसके बर्थडे पर इस बार मुम्बई नहीं आ पाएगा। उसकी दिल्ली में बहुत से लोगों के साथ मीटिंग है। बहुत काम है। लेकिन उसने वादा किया कि वह 'विश' ज़रूर करेगा, वह भी ठीक रात के बारह बजते ही। मीनाक्षी उसकी बातें चुपचाप सुन रही थी।

श्रीपद ने तो पहले से ही तय कर रखा था कि उसे एकदम से चौंका देना है इसलिए बर्थडे वाले दिन वह दिल्ली से हवाई जहाज़ पकड़कर शाम को मुम्बई आ गया। ढेर सारे उपहार और बड़ा-सा एक केक लेकर उसने अपने कई दोस्तों को कॉल करके बुलाया कि "हमारी बिल्डिंग के नीचे पहुँचकर इन्तज़ार करो। मैं भी आधे घंटे में पहुँच रहा हूँ।"

फ़्लैट की तीन चाभियों में से एक चाभी वह अपने पास रखता था। अपनी बिल्डिंग के नीचे पहुँच कर श्रीपद अपने दोस्तों से मिला और सबको साथ लेकर लिफ़्ट से अपने फ़्लोर पर पहुँचा। उसने अपने फ़्लैट का दरवाज़ा धीरे से खोला। उसके साथ उसके दोस्त भी अन्दर हॉल में आए। श्रीपद बिल्ली की तरह चुपके-चुपके उसके बेडरूम में गया। श्रीपद ने बेडरूम में जाकर देखा तो उसके रक्त का प्रवाह ऊपर नीचे होने लगा। उसे चक्कर आ गए। पलँग पर मीनाक्षी अपने सह-अभिनेता करण मल्होत्रा के साथ थी। श्रीपद ने उसे चौंका दिया था। वह श्रीपद के दोस्तों को देखकर और भी ज़्यादा चौंक गई।

इसके पहले कि श्रीपद कुछ कहता मीनाक्षी ने शब्दों का हमला कर दिया। "इस आदमी ने मुझे वेश्या बनाकर रखा हुआ था। मैं इस आदमी से कोई सम्बन्ध नहीं रखना चाहती। दलाल है यह दलाल। इसका बस चले तो इस दुनिया की हर लड़की को बेच दे। अपनी माँ-बहन को बेच दे। बलात्कार करवाता रहा है यह मेरा।"

मीनाक्षी ने अपने लिए बेझिझक और बेहिचक अभिव्यक्ति का सही अवसर देखकर करण से लिपट गई। उसने कहा, "हाँ, मैं अपनी पसन्द के किसी आदमी के साथ सोना चाहती थी। वह आदमी है करण। मैं इसके साथ सोती हूँ।" उसने 'सोना' और 'सोती हूँ' पर बहुत ज़ोर देकर कहा फिर

उसने 'सेक्स' पर ज़ोर देकर कहा, "सेक्स करती हूँ सेक्स।" उसने फिर से चिल्लाकर कहा, "सेक्स, सुना तुम सबने, सेक्स।" मीनाक्षी को पहली बार बोलने की आज़ादी का सुख मिल रहा था। उसने महसूस किया कि उसमें बहुत ताकत है। उसने खिड़की खोल दी और मुँह बाहर करके चिल्लाई—सेक्स !

श्रीपद को पहले तो समझ नहीं आया कि क्या करें लेकिन वह अन्तिम साँस तक कोशिश करने वाला आदमी था। उसने पुलिस को फ़ोन करके बुला लिया। मीनाक्षी पहले तो पुलिस के नाम से डरी लेकिन वह आरपार की मन:स्थिति पर पहुँच चुकी थी।

पुलिस आई तो मीनाक्षी ने वह सब बताया जो जो उसके साथ हुआ था। पुलिस उन सबको पुलिस स्टेशन लेकर गई। पुलिस स्टेशन जाने की ख़बर फ़िल्म इंडस्ट्री में काम करने वाले करण और मीनाक्षी के दोस्तों को मिली और धीरे-धीरे एक घंटे के अन्दर पचासों लोग पुलिस स्टेशन के बाहर इकट्ठा हो चुके थे। हर कोई उनके पक्ष में बोलने को तैयार था। पुलिस को भी समझ में आ गया कि मीनाक्षी ग़लत नहीं है। उसने श्रीपद को हड़काने के लिए मीनाक्षी के तमाम आरोपों के आधार पर एक एफ़आईआर लिखने की धमकी देकर उसे चलता किया।

श्रीपद सोने का अंडा देने वाली मुर्ग़ी को ऐसे कैसे जाने दे सकता था। पुलिस स्टेशन से बाहर निकलते ही वह ढार मारकर रोने लगा। "मेरी तो दुनिया उजड़ गई। तिनका-तिनका जोड़कर मैंने जिस घोंसले को सँवारा था वह बिखर गया। सब मेरी ग़लती है। सब मेरी ग़लती है। मैं पापी हूँ। हे भगवान मुझे सज़ा दो।" उसने रोते-रोते अपनी कमीज़ फाड़ ली। ईंट उठाकर अपने सिर पर दे मारा। मिट्टी-बालू उठाकर मुँह में डाल लिया।

एक बार को तो सब उसकी हालत देखकर सहम गए। लेकिन मीनाक्षी पर इसका असर नहीं हुआ। उसने पहले भी उसे इस तरह का नाटक करते देखा था। उसकी ऐसी विक्षिप्तावस्था देखकर ही मीनाक्षी अब तक उसकी हर बात मानती आई थी। करण भी उसकी हालत देखकर हिल गया और उसने श्रीपद को सँभालने की कोशिश की। उसे सँभालते हुए देखकर श्रीपद ने कहा, "मर जाने दो मुझे। मैं जी कर क्या करूँगा।" मीनाक्षी ने करण का हाथ पकड़ा और उसे खींचकर वहाँ से ले गई। वहाँ खड़ी भीड़ में फुसफुसाहट होने लगी, "कैसी औरत है यह।" "बेचारा पति।" "कैसी औरत है यह।" "बेचारा

पति।" "कैसी औरत है यह।" "बेचारा पति।" श्रीपद को महसूस हो रहा था जैसे चारों तरफ़ उसकी जय-जयकार हो रही है। यही वह चाहता भी था।

श्रीपद ने रात अपने दोस्त चेतन के यहाँ बिताई जो टीवी का छोटा-मोटा निर्देशक था और सीधे-सादे ढंग से अपना सुखी परिवार चला रहा था। वहाँ भी श्रीपद ने उनके बाथरूम से फ़िनाइल की बोतल लेकर पीने की कोशिश की और इस बात का ख़याल रखा कि किसी की नज़र ज़रूर पड़ जाए। दोस्त की पत्नी ममता की नज़र पड़ गई। डर के मारे उसके हाथ से दाल का बड़ा कटोरा गिर गया। चेतन भागा-भागा आया और उसने श्रीपद के हाथों से फ़िनाइल की बोतल लेकर उसे एक थप्पड़ मारा। श्रीपद ने पूरा ड्रामा फैला दिया, "मर जाने दे चेतन मुझे मर जाने दे।" ममता घबराकर अपने कमरे में भाग गई और रोने लगी। रोते-रोते उसकी हिचकियाँ बँध गईं। चेतन ने अपनी पत्नी ममता को भी सँभाला। ममता ने उससे रोते हुए कहा, "कितनी ज़ालिम है वह औरत। क्या हाल बना दिया इस भोले-भाले आदमी का उसने। मैंने तो सुना था कि वेश्याओं के सीने में भी दिल होता है लेकिन यह औरत तो बाज़ारू औरतों से भी घटिया निकली।" चेतन ने भी मौके पर चौका मारा, "ऐसी ही होती हैं फ़िल्म इंडस्ट्री की लड़कियाँ, इसीलिए मैं तुमको कहीं लेकर नहीं जाता हूँ।" ममता ने भी मौक़ा नहीं छोड़ा, "आप बहाना मत बनाइए, शॉपिंग मॉल में तो लेकर जा ही सकते हैं न?" चेतन अपनी पत्नी की हमेशा की शिकायत बन्द करने पर लगा था, "तुम समझती नहीं हो, करण जैसे लोग हर जगह घूमते रहते हैं।" उधर से श्रीपद के रोने की आवाज़ फिर से आने लगी जिसे सुनकर ममता फिर से भाव-विह्वल हो उठी। चेतन बुदबुदाते हुए झुँझला उठा, "साला, लगता है, घर में मय्यत हो गई है।"

दूसरे दिन श्रीपद बड़ी मिन्नत करके मीनाक्षी से मिला। मीनाक्षी की शर्त थी कि वह करण की मौजूदगी में ही मिलेगी। करण को हालाँकि पति-पत्नी के बीच खड़े रहने में दिलचस्पी नहीं थी लेकिन उसने मीनाक्षी को अकेला नहीं छोड़ा। अपनी शूटिंग ख़त्म होते ही वह मीनाक्षी के फ़्लैट पर पहुँच गया। श्रीपद ने भीख माँगने के भाव में मीनाक्षी से कहा, "वापस आ जाओ। मैं सब भूल जाऊँगा। मैं सब माफ़ कर दूँगा।" मीनाक्षी अब तक पूरी शेर बन चुकी थी। उसने दहाड़कर कहा, "तू मुझे माफ़ करेगा हरामी? तू इस लायक भी है?" श्रीपद ने फ़ौरन कान पकड़ लिया, "मैं कान पकड़ता हूँ। सब मेरी

ग़लती है। सब मेरी ग़लती है।" उसने अपने गाल पर थप्पड़ मारा, "थप्पड़ मारता हूँ अपने को। तुम्हारे लिए बालकनी से कूदकर जान दे सकता हूँ।" यह कहकर वह बालकनी की तरफ़ बढ़ भी गया था लेकिन करण ने पकड़ लिया। वह करण से लिपटकर रोने लगा। मीनाक्षी अविचल खड़ी रही। उसके चेतन-अवचेतन हर जगह एक निर्णय तो हो ही चुका था कि अब वह श्रीपद के साथ कोई भी सम्बन्ध नहीं रखना चाहती। श्रीपद करण से कह रहा था, "मर जाने दिया होता मुझे। क्यों बचाया मुझे। मेरी तो आत्मा निकल गई है शरीर से। मैं एक ज़िन्दा लाश हूँ। ज़िन्दा लाश।" मीनाक्षी ने तपाक से कहा, "ठीक है मिस्टर ज़िन्दा लाश, मैंने तुम्हारी बहुत बातें सुन ली अब जाओ यहाँ से।"

श्रीपद के जाने के बाद मीनाक्षी ने करण से पूछा, "अब आगे क्या करना है?" करण ने कहा, "यह तुम्हें डिसाइड करना है।" मीनाक्षी उस पर भड़क गई, "मुझे डिसाइड करना है? मुझे डिसाइड करना है? तुम्हें क्या करना है? तुम्हें तो प्यार है नहीं। तुम्हें तो नाजायज़ सम्बन्ध बनाना है।" करण ने उसे डपटकर कहा, "माइंड योर लैंग्वेज। लिसेन, मैं हर हाल में तुम्हारे साथ हूँ। हर हाल में।" "किस बात के लिए मेरे साथ हो हर हाल में जब डिसाइड मुझे ही करना है?" करण ने पहले ख़ुद को शान्त किया और कहा, "हालात को समझो। टेक्निकली तुम श्रीपद की पत्नी हो। तो उससे डिवोर्स का फ़ैसला भी तुम्हारा ही होगा। पेपर पर साइन करना हो या फ़ैमिली कोर्ट के चक्कर लगाने हों, सब तुम्हें करना है।" उसने उसका हाथ पकड़कर कहा, "मैं ज़िन्दगी भर तुम्हारे साथ हूँ।" मीनाक्षी उसके करीब आकर फुसफुसाई, "प्यार करते हो मुझसे?" करण बोला, "यह प्यार-व्यार का अपने को कोई आइडिया नहीं है लेकिन मुझे कमिटमेंट के बारे में अच्छी तरह पता है और मैं कमिटेड हूँ तुम्हारे साथ।" मीनाक्षी भाव-विह्वल हो गई। लेकिन करण ने उससे एक सवाल किया, "अगर मैं तुम्हारा साथ न दूँ, तो? तब क्या तुम उसके पास वापस चली जाओगी?" मीनाक्षी करण की आँखों में देखती रही।

दूसरे दिन श्रीपद का दोस्त चेतन जब शाम को शूटिंग से वापस आया तो अपने बच्चे को गोद में लेकर दिन भर की हलचल पूछने लगा। बच्चे ने बताया कि श्रीपद अंकल और मम्मी दिन भर रोते रहे। यह सुनकर चेतन थोड़ा असुरक्षित महसूस करने लगा। उसने बहुत सारे किस्से सुन रखे हैं फ़िल्म इंडस्ट्री के, कि पुरुष रो-रोकर कैसे शादीशुदा औरतों को पटाते हैं और बसा

बसाया घर तोड़ देते हैं। अतः उसने श्रीपद से सीधे जाकर कहा, "यार अब कोई होटल-वोटल देख लो। असल में बच्चे को जवाब देना मुश्किल हो जाता है कि अंकल रो क्यों रहे हैं। बुरा असर पड़ रहा है बच्चे पर।"

श्रीपद के पास पैसे की तो कमी थी नहीं, उसने फ़ौरन अपना बैग सँभाला और घर से निकल पड़ा। ममता को उसके बच्चे ने जाकर कहा, "मम्मी अंकल जा रहे हैं।" वह भागी हुई लिविंग रूम में आई, "कहाँ हैं श्रीपद? आपने क्या कह दिया उनको? उनको तो अभी सहारे की ज़रूरत थी और इसी वक़्त आपने निकाल दिया?" चेतन ने डाँटकर कहा, "कोई बेचारा-ओचारा नहीं है वह। धन्ना सेठ है। होटल में रह सकता है। कब तक हम पालते रहेंगे।" उसकी ममता रो पड़ी, "आप कितने सेल्फ़िश हैं।" चेतन बच्चे का लिहाज़ करके बस तिलमिला कर रह गया। उसकी आँखों में अंगार देखकर ममता ने पहचान लिया कि उसके मन में क्या चल रहा है, उसने तपाक से कहा, "आप बुलाइए उनको। हम उनको राखी बाँधेंगे। बुलाइए आप।"

श्रीपद ने जो फ़्लैट ख़रीदा था मुम्बई में वह दोनों पति-पत्नी के नाम पर था। यानी अगर बेच दिया जाए तो आधा पैसा तो मिल ही जाएगा। लेकिन वह आदमी श्रीपद हो ही नहीं सकता जो आधे पर मान जाए। उसने एड़ी-चोटी का ज़ोर लगाने की ठानी। उसने सोचा कि अगर मीनाक्षी उसकी ज़िन्दगी में वापस आ जाती है तो वह फ़्लैट बेच देगा और पूरा पैसा ख़ुद ही रख लेगा। मीनाक्षी कुछ बोलेगी भी नहीं। अभी वह यह सब कुछ सोच ही रहा था कि उसके पास एक महिला वकील का फ़ोन आया कि मीनाक्षी ने डिवोर्स फ़ाइल किया है। आपके दिल्ली वाले एड्रेस पर पेपर भेज दिया गया है। अब श्रीपद को यह तलाक़ रोकना था। उसने फ़ौरन दिल्ली से मीनाक्षी के माँ-बाप को बुला लिया और उनको लेकर वह मीनाक्षी से मिलने गया।

श्रीपद ने एक बार फिर मीनाक्षी को चौंका दिया। माँ-बाप को सामने देखकर मीनाक्षी सकपका गई। माँ ने देखते ही चप्पल निकाल कर पीटना शुरू कर दिया।

श्रीपद ने उन्हें समझाया था कि बेचारी मीनाक्षी को कुछ लोगों ने बहका दिया है, उसके नाजायज़ सम्बन्ध बनवा दिए हैं और वह भी एक नहीं कई-कई लोगों के साथ। उसने खंडन करने के अन्दाज़ में यह भी कहा कि लोग अफ़वाह उड़ाते हैं उस बेचारी के ख़िलाफ़ कि नए-नए लोगों से सम्बन्ध

बनाना उसकी आदत हो गई है। माँ-बाप ये सब सुनकर चुल्लू भर पानी में डूब मरना चाहते थे लेकिन श्रीपद ने समझाया कि हमें अपनी 'बच्ची' को संस्कार के रास्ते पर वापस लाना है। तो माँ-बाप उसे संस्कार के रास्ते पर वापस ले जाने आए थे।

मीनाक्षी के बाप उसकी माँ को कोस रहे थे कि कैसी परवरिश की है बेटी की। "वह बक्सर में जो लड़का इसके पीछे पागल था, ज़रूर इसी की कोई कारस्तानी होगी। इसने श्रीपद को भी वैसा ही बना दिया है। सोचो श्रीपद जैसे शरीफ़ आदमी को छोड़कर उस करण मल्होत्रा के साथ? छी छी...तुम्हारे मायके का ख़ून ही साला ऐसा है।" मीनाक्षी की माँ को अपने मायके का ख़ून स्वच्छ साबित करना था इसलिए उन्होंने उसकी पिटाई में कोई कसर नहीं छोड़ी।

पर मौक़ा देखकर श्रीपद माँ-बेटी के बीच में खड़े होकर बीच-बचाव करने लगा, "इसे क्यों मारती हैं मम्मी जी! इसका क्या कुसूर है? मासूम लड़की देखकर बहका दिया फ़िल्म वालों ने।" उसके बाप भी बिफर पड़े, "अरे हम तो पहले ही मना कर रहे थे आपको दामाद जी कि फ़िल्मों में मत भेजो। आपको ही सशक्तिकरण करना था।" मीनाक्षी ने जवाब तो नहीं दिया, लेकिन श्रीपद की कला देखती रही। वह अभी भी समझ नहीं पा रही थी कि वह वो सब अपने माँ-बाप से कैसे कहे जो कुछ उस पर गुज़रे थे। श्रीपद भी यह जानता था कि वह अपने माँ-बाप के सामने कुछ कह नहीं पाएगी और कुछ कहेगी भी तो उसके पास जवाब तैयार था, वह साफ़ इनकार कर देगा, कह देगा कि उसे तो कुछ नहीं मालूम, यानी मीनाक्षी मुम्बई आने के पहले से ही नाजायज़ सम्बन्ध बनाया करती थी, यानी उसका चारित्रिक विकास कोई नया नहीं है। कुछ देर के बाद अपने आप से ही झुँझलाकर मीनाक्षी ने अपना सामान पैक किया और घर से बाहर निकल गई। उसके माँ-बाप रोकते रह गए लेकिन वह निकल ही गई।

श्रीपद ने सोचा कि चलो फ़्लैट पर अब कम से कम उसका कब्ज़ा तो रहेगा। मीनाक्षी बिना किसी मशक्कत के ही फ़्लैट छोड़ के चली गई। फिर भी वह तलाक़ को रोकना चाहता था।

श्रीपद के लिए उसे रोकने की हर कोशिश नाकाम साबित हो रही थी। उधर मीनाक्षी करण के घर जाकर रहने लगी और वहीं से शूटिंग पर जाने

लगी। गॉसिप मीडिया में उसके घर छोड़ने और तलाक़ के बारे में चर्चा होने लगी थी। इससे धारावाहिक की रेटिंग को फ़ायदा ही हो रहा था।

उनके तलाक़ की अन्तिम सुनवाई होने वाली थी। श्रीपद अपने मित्र चेतन के साथ बैठा रो रहा था कि न जाने किसकी नज़र लग गई है मेरे परिवार को। चेतन ने झल्लाकर उसे समझाने की कोशिश की, "अबे जब वह तुम्हारे साथ नहीं रहना चाहती है और किसी दूसरे के साथ जाकर रहने ही लगी है, फिर भी तू उसे वापस क्यों पाना चाहता है?" श्रीपद ने आँसू पोछे फिर बिलकुल धीमे स्वर में कहा, "वह जब वापस आ जाएगी तो मैं लात मारकर उसे बाहर निकालना चाहता हूँ, इसलिए।" फिर उसने गहरी साँस लेकर कहा, "सोचो, उसकी इतनी मजाल कि उसने मुझे छोड़ दिया?"

तलाक़ की अन्तिम सुनवाई के पहले माँ-बाप ने सोचा कि अपनी लड़की को प्यार से समझाने की कोशिश करते हैं, शायद वह वापस आ जाए। वो दोनों उससे मिलने करण के घर गए। काफ़ी देर तक समझावन-बुझावन होता रहा। मीनाक्षी ढकी-छिपी भाषा में शर्म-हया के साथ बहस करती रही। थक-हारकर बाप ने तर्क दिया, "क्या फ़िल्म इंडस्ट्री में शोषण नहीं होता लड़कियों का?" मीनाक्षी ने सवाल किया, "यही स्पष्टीकरण है आपके पास श्रीपद के शोषण का?" फिर मीनाक्षी ने सोचा कि कब तक माँ-बाप से शर्म का पर्दा रखें, उनको सच बताना ही पड़ेगा, वो ज़रूर समझेंगे उसकी बात। तो उसने सब कुछ सच-सच बता दिया, धीरे-धीरे, एक-एक विवरण के साथ। वो सब सुनकर माँ-बाप भीतर तक सिहर उठे। उनके दिमाग की नसें फटने लगीं, रक्तचाप बढ़ने लगा, हृदय गति तेज़ हो गई। माँ-बाप की दुविधा यह थी कि इन बातों पर अगर यक़ीन कर लिया जाए तो उन्हें ज़हर खा लेना चाहिए था इसलिए उन्होंने फ़ैसला किया कि मरने से अच्छा है, इन बातों पर विश्वास ही न किया जाए। यही मानना ठीक होगा कि अपनी लड़की ही बदचलन है।

□□□